考試分數大躍進
累積實力
百萬考生見證
應考秘訣

根據日本國際交流基金考試相關概要

新制對應
絕對合格

N1 N2 N3 N4 N5
常考文法 250

吉松由美・田中陽子・西村惠子・千田晴夫・大山和佳子 合著

MP3

前言

升學、赴日旅遊、創新點子、外貿經商、職場加薪……等，
日語能力檢定已經成為一種趨勢。

如果您志在日檢考高分，文法就是讓您勝出的利器！
日檢贏家合格策略，幫您：

斷捨離×分類整理
出題老師愛考的文法題庫×日檢合格生大推的文法祕笈

讓您一本即可掌握日檢核心重點！
一次就高分通過日檢！

新制日檢考試準備方向全面公開！聰明的考生都知道，只要掌握老師出題喜好，面對「文法」大題也能輕鬆作答，高分通過日檢。問題是，出題老師喜歡考什麼呢？

本書由JLPT官方公佈最具指標的《日本語能力測驗官方試題集》，及舊制日檢近十年考古題中，精選高出題率、高實用性的文法，加以編寫而成。可說是出題老師愛考的文法，全都收錄於這一本啦！

日檢贏家合格策略：

1. 「斷捨離」從 N5 到 N1 只精選 250 個單元，新手、高手都能快速累積應考實力。
2. 一個文法有幾種用法、哪些接續、要注意什麼，都有深入的解析，適合所有讀者自修使用。

3. 例句依考試常出現情境編寫，應試時更得心應手。

4. 配合各級文法程度選用例句單字，單字、文法雙管齊下。

5. 文法細部補充說明，滿載考試重要情報。

6. 搭配東京腔朗誦 MP3，聽力訓練跟著到位。

　　《新制對應 絕對合格！N1,N2,N3,N4,N5常考文法250》為考生精選出 N1,N2,N3,N4,N5各級常考的文法，還進行好學易記的文法分類，不僅保證背得完，能應付考試，還能運用在日常生活上。讀完這本，像是喝了瓶雞精，補足一鍋雞湯的養分，難怪日檢合格生也大力推薦！

　　無論自學或教學，無論是累積應考實力，或是考前迅速總複習，都能讓考生在有限的時間內，快速掌握重點，具備高分通過日檢考試的能力。

目錄

文型接續解說

▽動詞

動詞一般常見的型態，包含動詞辭書形、動詞連體形、動詞終止形、動詞性名詞＋の、動詞未然形、動詞意向形、動詞連用形……等。其接續方法，跟用語的表現方法有：

用語1	後續	用語2	用例
未然形	ない、ぬ（ん）、まい	ない形	読まない、見まい
	せる、させる	使役形	読ませる、見させる
	れる、られる	受身形	読まれる、見られる
	れる、られる、可能動詞	可能形	見られる、書ける
意向形	う、よう	意向形	読もう、見よう
連用形	連接用言		読み終わる
	用於中頓		新聞を読み、意見をまとめる
	用作名詞		読みに行く
	ます、た、たら、たい、そうだ（様態）	ます：ます形 た　：た形 たら：たら形	読みます、読んだ、読んだら
	て、ても、たり、ながら、つつ等	て　：て形 たり：たり形	見て、読んで、読んだり、見たり
終止形	用於結束句子		読む
	だ（だろう）、まい、らしい、そうだ（傳聞）		読むだろう、読むまい、読むらしい
	と、から、が、けれども、し、なり、や、か、な（禁止）、な（あ）、ぞ、さ、とも、よ等		読むと、読むから、読むけれども、読むな、読むぞ

	連接體言或體言性質的詞語	普通形、基本形、辭書形	読む本
連體形	助動詞：た、ようだ	同上	読んだ、読むように
	助詞：の（轉為形式體言）、より、のに、ので、ぐらい、ほど、ばかり、だけ、まで、きり等	同上	読むのが、読むのに、読むだけ
假定形	後續助詞ば（表示假定條件或其他意思）		読めば
命令形	表示命令的意思		読め

▽ 形容詞

　　日本的文法中，形容詞又可分為「詞幹」和「詞尾」兩個部份。「詞幹」指的是形容詞、形容動詞中，不會產生變化的部份；「詞尾」指的是形容詞、形容動詞中，會產生變化的部份。

例如「面白い」：今日はとても面白かったです。

　　由上可知，「面白」是詞幹，「い」是詞尾。其用言除了沒有命令形之外，其他跟動詞一樣，也都有未然形、連用形、終止形、連體形、假定形。

　　形容詞一般常見的型態，包含形容詞・形容動詞連體形、形容詞・形容動詞連用形、形容詞・形容動詞詞幹……等。

形容詞用例	詞幹	語　尾　活　用　詞						
		未然形・意向形	連用形		終止形	連體形	假定形	命令形
おもしろい	おもしろ	〜かろ	〜く	〜かっ	〜い	〜い	〜けれ	X
主要接續		接う	接て、なる等	接た等	終止句子	接體言	接ば	X

形容動詞用例	詞幹	語　尾　活　用　詞					
		未然形・意向形	連用形	終止形	連體形	假定形	命令形
たいへんだ（常體）	たいへん	〜だろ	〜だっ 〜で 〜に	〜だ	〜な	〜なら	X
たいへんです（敬體）	たいへん	〜でしょ	〜でし	〜です	〜です	X	X
主要接續		接う	接なる、た	終止句子	接體言	接ば	X

▽ 用言

用言是指可以「活用」（詞形變化）的詞類。其種類包括動詞、形容詞、形容動詞、助動詞等，也就是指這些會因文法因素，而型態上會產生變化的詞類。用言的活用方式，一般日語詞典都有記載，一般常見的型態有用言未然形、用言終止形、用言連體形、用言連用形、用言假定形……等。

▽ 體言

體言包括「名詞」和「代名詞」。和用言不同，日文文法中的名詞和代名詞，本身不會因為文法因素而改變型態。這一點和英文文法也不一樣，例如英文文法中，名詞有單複數的型態之分（sport / sports）、代名詞有主格、所有格、受格（he / his / him）等之分。

N5

頻出文法を完全マスター

あまり〜ない

ポイント ①

1. 表示程度不高。可譯作「不太…」。
2. 在口語中加強語氣常說成「あんまり」。
3. 文法比較：「ぜんぜん〜ない」表示全面否定。

---

1 表程度不高。

「あまり」下接否定的形式，表示程度不特別高，數量不特別多。

- あの 店は あまり おいしく ありませんでした。
  那家店的餐點不太好吃。

- この 公園の トイレは あまり きれいでは ないです。
  這座公園的廁所不太乾淨。

- 「を」と 「に」の 使い方が あまり 分かりません。
  我不太懂「を」和「に」的用法有何不同。

2 在口語中加強語氣常說成「あんまり」。

- あんまり 行きたく ありません。
  不大想去。

3 「ぜんぜん〜ない」表示全面否定。

是種否定意味較為強烈的用法。

- お酒は 全然 飲みません。
  滴酒不沾。

ノート
「ぜんぜん」為「完全」之意。

〔疑問詞〕＋か

ポイント ！

1 表示不明確、不肯定，或沒必要說明的事物。

2 文法比較：「～か～」可表示選擇。可譯作「或者…」。

1 **表示不明確、不肯定，或沒必要說明的事物。**

「か」前接「なに、だれ、いつ、どこ」等疑問詞後面，表示不明確、不肯定，或沒必要說明的事物。

- お皿と コップを いくつか 買いました。
  我買了幾只盤子和杯子。

- 大学に 入るには、いくらか お金が かかります。
  想要上大學，就得花一些錢。

- どれか 好きなのを 一つ 選んで ください。
  請從中挑選一件你喜歡的。

2 **～か～（選擇）**

補充

表示在幾個當中，任選其中一個。

- 新幹線か 飛行機に 乗ります。
  搭新幹線或是搭飛機。

- メールか ファックスを 送ります。
  用電子郵件或是傳真送過去。

ポイント　①

1 「が」前接表示好惡、需要等的對象。

2 「が」前接眼睛可見等事物的主語。

---

1 (對象) が

「が」前接對象，表示好惡、需要及想要得到的對象，還有能夠做的事情、明白瞭解的事物，以及擁有的物品。

- お菓子を 作るので 砂糖が いります。
  我想製做甜點，因此需要用到砂糖。

- うちの 子は 勉強が 嫌いなので 困ります。
  我家的孩子討厭讀書，真讓人困擾。

- 子どもが できました。
  我懷孕了。

2 (主語) が

描寫眼睛看得到的、耳朵聽得到的事情。

- 風が 吹いて います。
  風正在吹。

- 子どもが 遊んで います。
  小孩正在玩耍。

〔疑問詞〕＋が（疑問詞主語）

ポイント ①

1 提示問句中疑問詞為主語。

1 提示問句中疑問詞為主語。

當問句使用「どれ、どこ、どの人」等疑問詞作為主語時，主語後面會接「が」。

- どの 人が 吉川さんですか。
  請問哪一位是吉川小姐呢？

- 次に 会うのは いつが いいですか。
  下次見面是什麼時候呢？

- （地図を 見て います）どこが 東京駅ですか。
  （看著地圖）請問東京車站在哪裡呢？

- 誰が 一番 早く 来ましたか。
  誰最早來的？

- どれが 人気が ありますか。
  哪一個比較受歡迎呢？

〜から（原因）

ポイント ①

1 表示主觀的原因、理由。可譯作「因為…」。

2 文法比較：「〜から」一般用於主觀理由，「〜ので」則用於客觀的因果關係。

---

1 「〜から」表示主觀的原因、理由。

一般用於說話人出於個人主觀理由，進行請求、命令、希望、主張及推測。

- まずかったから、もう　この　店には　来ません。
  太難吃了，我再也不會來這家店了。

- 暗く　なりましたから、電気を　つけて　ください。
  天色暗了，請把電燈打開。

- もう　5時ですから、銀行は　やって　いませんよ。
  現在都五點了，銀行已經關門了喔。

2 「〜ので」用於客觀的因果關係。

「〜ので」一般用在客觀的自然的因果關係，所以也容易推測出結果。

- 疲れたので、早く　寝ます。
  因為很累了，我要早點睡。

- 雨なので、行きたく　ないです。
  因為下雨，所以不想去。

ノート

「〜から」是比較強烈的意志性表達。

～から～まで

1 表距離的範圍。可譯作「從…到…」。

2 表時間的範圍。可譯作「從…到…」。

1 表距離的範圍。

「から」前面的名詞是起點,「まで」前面的名詞是終點。

ノート

「から」表示各種動作、現象的起點及由來。

- いつも アパートの 1階から 4階まで 歩いて 上ります。
  我總是從公寓的一樓往上走到四樓。

- 東京から 仙台まで、新幹線は 1万円くらい かかります。
  從東京到仙台,搭新幹線列車約需花費一萬日圓。

- 1週間で、平仮名を 「あ」から 「ん」まで 覚えました。
  花了一個星期,把從「あ」到「ん」的平假名默記起來了。

2 表時間的範圍。

「から」前面的名詞是開始的時間,「まで」前面的名詞是結束的時間。

- 毎日、朝から 晩まで 忙しいです。
  每天從早忙到晚。

- 2008年から 2011年まで、日本に 留学しました。
  從二○○八年到二○一一年去了日本留學。

疑問詞＋も＋否定（完全否定）

ポイント ①

1 表示全面否定。可譯作「也（不）…」等。

2 文法比較：「疑問詞＋も＋肯定」表示全面肯定。可譯作「無論…都…」。

---

1 **表示全面否定。**

「も」上接疑問詞，下接否定語，表示全面的否定。

- お酒は いつも 飲みません。
  我向來不喝酒。

- 「どうか しましたか。」「どうも しません。」
  「怎麼了嗎？」「沒怎樣。」

- あんな 人とは どうしても 結婚したく ありません。
  説什麼我也不想和那種人結婚。

2 **「疑問詞＋も＋肯定」表示全面肯定。** 補充

以「疑問詞＋も＋肯定」形式，表示全面肯定。

- この 絵と あの 絵、どちらも 好きです。
  這張圖和那幅畫，我兩件都喜歡。

- ちょうど お昼ご飯の 時間なので、お店は どこも 混んでいます。
  正好遇上午餐時段，店裡擠滿了客人。

〔數量〕＋ぐらい、くらい

ポイント ①

1 表示數量上的推測、估計。可譯作「大約」、「左右」、「上下」。

2 表示比較。可譯作「和…一樣…」。

1 **表示數量上的推測、估計。**

一般用在無法預估正確的數量，或是數量不明確的時候。

▪ おばあちゃんの　家には　猫が　10匹ぐらい
いいます。
奶奶家差不多有十隻貓。

▪ 5,000円くらいの　おすしを　食べました。
吃了五千日圓左右的壽司。

▪ 私の　おじいさんは、80歳ぐらいです。
我爺爺約莫八十歲。

2 **表示比較。**

表示兩者的程度相同。

▪ 呉さんは　日本人と　同じくらい　日本語が
できます。
吳先生的日語説得和日本人一樣流利。

▪ 安藤さんは　小学生ですが、身長が　大人の
男の　人ぐらい　あります。
安藤同學雖然是小學生，但身高幾乎跟成年男人一樣。

ノート
可將「と同じ」省略。

形容詞（現在肯定／現在否定）

ポイント ①

1 形容詞現在肯定，表事物目前性質、狀態等。

2 形容詞現在否定，表事物目前並非是某種性質或狀態。

---

1 現在肯定

形容詞是說明客觀事物的性質、狀態或主觀感情、感覺的詞。形容詞的詞尾是「い」，「い」的前面是詞幹。

- この　料理は　辛いです。
  這道菜很辣。

- うちより　おばあちゃんの　うちの　方が　広いです。
  奶奶家比我家來得大。

2 現在否定

形容詞的否定式是將詞尾「い」轉變成「く」，然後再加上「ない」或「ありません」。

- おばあちゃんの　うちは　新しくないです。
  奶奶家並不是新房子。

- おばあちゃんの　うちは　私の　うちから　遠く　ありません。
  奶奶家離我家不遠。

- 新聞は　つまらなく　ありません。
  報紙並不無聊。

ノート

形容詞又稱作「い形容詞」。

ノート

「ない」後面加上「です」是敬體，是有禮貌的表現。

形容詞（過去肯定／過去否定）

ポイント ！

1 形容詞過去肯定，表事物過去的性質、狀態等。

2 形容詞過去否定，表事物過去並非是某種性質或狀態。

1 過去肯定

形容詞的過去式，表示說明過去的客觀事物的性質、狀態，以及過去的感覺、感情。形容詞的過去肯定是將詞尾「い」改成「かっ」再加上「た」。

- テストは　やさしかったです。
  考試很簡單。
- 昨日は　朝から　おなかが　痛かったです。
  昨天從早上就一直鬧肚子痛。

2 過去否定

形容詞的過去否定是將詞尾「い」，改成「く」，再加上「ありませんでした」；或將現在否定式的「ない」改成「なかっ」，然後加上「た」。

- おなかが　痛くて、何も　おいしく　ありませんでした。
  肚子很痛，不管吃什麼都索然無味。
- 元気が　出なくて、テレビも　面白く　なかったです。
  提不起精神，連電視節目都覺得很乏味。
- 昨日は　暑く　ありませんでした。
  昨天並不熱。

ノート
「かった」再接「です」是敬體，禮貌的說法。

形容詞くて

ポイント ①

1 表示句子暫時停頓或屬性的並列。

2 表示理由、原因。

---

1 表示句子暫時停頓或屬性的並列。

形容詞詞尾「い」改成「く」，再接上「て」，表示句子還沒說完到此暫時停頓或屬性的並列（連接形容詞或形容動詞時）的意思。

- **新しくて きれいな うちに 住みたいです。**
  我想住在嶄新又漂亮的房子裡。

- **この 本は 薄くて 軽いです。**
  這本書又薄又輕。

- **私の アパートは 広くて 静かです。**
  我的公寓又寬敞又安靜。

2 表示理由、原因。

有表示理由、原因之意，但其因果關係比「～から」、「～ので」還弱。

- **明日は やることが 多くて 忙しいです。**
  明天有很多事要忙。

- **この コーヒーは 薄くて おいしく ないです。**
  這杯咖啡很淡，不好喝。

ノート

「～から」、「～ので」用法，請參考本書第 12 頁。

形容詞く＋なります

ポイント ①

① 表示事物本身產生的變化。

② 文法比較：「形容詞く＋します」表示人為施加的變化。

① **表示事物本身產生的變化。**

表示在無意識中，事態本身產生的自然變化。

- **春が　来て、暖かく　なりました。**
  春天到來，天氣變暖和了。

- **子どもは　すぐに　大きく　なります。**
  小孩子一轉眼就長大了。

- **夕方は　魚が　安く　なります。**
  到了傍晚，魚價會變得比較便宜。

ノート
形容詞後面接「なります」，要把詞尾的「い」變成「く」。

② **「形容詞く＋します」表示人為施加的變化。** 補充

表示人為的有意圖性的施加作用，而產生變化。

- **音を　小さく　します。**
  把音量壓小。

- **砂糖を　入れて　甘く　します。**
  加砂糖讓它變甜。

ノート
形容詞後面接「します」，要把詞尾的「い」變成「く」。

形容動詞（現在肯定／現在否定）

ポイント ①

1 形容動詞現在肯定，表事物目前性質、狀態等。

2 形容動詞現在否定，表事物目前並非是某種性質或狀態。

---

1 現在肯定

形容動詞是說明事物性質與狀態等的詞。形容動詞的詞尾是「だ」，「だ」前面是詞幹。形容動詞當述語（表示主語狀態等語詞）時，詞尾「だ」改「です」是敬體說法。

- 花子の　部屋は　きれいです。
  花子的房間整潔乾淨。

- 日曜日は　たいてい　暇です。
  星期天我多半很閒。

2 現在否定

形容動詞的否定式是把詞尾「だ」變成「で」，然後中間插入「は」，最後加上「ない」或「ありません」。

- 「シ」と　「ツ」は、同じでは　ないです。
  「シ」和「ツ」不是相同的假名。

- この　ホテルは　有名では　ありません。
  這間飯店沒有名氣。

- 私の　家は　駅から　遠くて、あまり　便利では　ありません。
  我家離車站很遠，交通不太方便。

ノート

形容動詞接名詞時詞尾會變成「な」，所以又稱作「な形容詞」。

ノート

「きれい」是形容動詞，不是形容詞喔！

形容動詞（過去肯定／過去否定）

ポイント ①

1 形容動詞過去肯定，表事物過去性質、狀態等。

2 形容動詞過去否定，表事物過去並非是某種性質或狀態。

1 過去肯定

形容動詞的過去式，表示說明過去的客觀事物的性質、狀態，以及過去的感覺、感情。形容動詞的過去式是將現在肯定詞尾「だ」變成「だっ」再加上「た」。

- 彼女は　昔から　きれいでした。
  她以前就很漂亮。

- 頭が　悪くて、大学に　入るのは　大変でした。
  腦筋不好，費了好一番工夫才考上大學。

2 過去否定

形容動詞過去否定式是將現在否定的「ない」改成「なかっ」，再加上「た」。或將現在否定的「ではありません」後接「でした」，就是過去否定了。

- 彼女の　家は　立派では　ありませんでした。
  以前她的家並不豪華。

- 私は、勉強が　好きでは　ありませんでした。
  我從前並不喜歡讀書。

- 大学の　先生や　友達は、嫌いでは　なかった
  です。
  我從前並不討厭大學時代的老師和同學。

> **ノート**
>
> 敬體是將詞尾「だ」改成「でし」再加上「た」。

形容動詞で

ポイント ①

1 表示句子暫時停頓或屬性的並列。

2 表示理由、原因。

---

1 表示句子暫時停頓或屬性的並列。

形容動詞詞尾「だ」改成「で」，表示句子還沒說完到此暫時停頓，或屬性的並列（連接形容詞或形容動詞時）之意。

- あの 人<ruby>人<rt>ひと</rt></ruby>は、料理<ruby>料理<rt>りょうり</rt></ruby>が 上手<ruby>上手<rt>じょうず</rt></ruby>で 顔<ruby>顔<rt>かお</rt></ruby>も かわいいです。

  那個人不但廚藝高超，長相也很可愛。

- 彼女<ruby>彼女<rt>かのじょ</rt></ruby>は きれいで やさしいです。

  她又漂亮又溫柔。

2 表示理由、原因。

有表示理由、原因之意，但其因果關係比「～から」、「～ので」還弱。

- 私<ruby>私<rt>わたし</rt></ruby>は 日本語<ruby>日本語<rt>にほんご</rt></ruby>の 勉強<ruby>勉強<rt>べんきょう</rt></ruby>が 大好<ruby>大好<rt>だいす</rt></ruby>きで 楽<ruby>楽<rt>たの</rt></ruby>しいです。

  我非常喜歡學日語並且樂在其中。

- 日曜日<ruby>日曜日<rt>にちようび</rt></ruby>は、いつも 暇<ruby>暇<rt>ひま</rt></ruby>で つまらないです。

  星期天總是閒得發慌。

- 彼<ruby>彼<rt>かれ</rt></ruby>は いつも 元気<ruby>元気<rt>げんき</rt></ruby>で いいですね。

  他總是很有活力，真不錯呢！

ノート

「～から」、「～ので」用法，請參考本書第 12 頁。

形容動詞に＋動詞

ポイント ①

1 用於修飾動詞。

1 用於修飾動詞。

形容動詞詞尾「だ」改成「に」，可以修飾句子裡的動詞。

- 結婚して ください。大切に します。
  請和我結婚。我會好好珍惜妳的。

- 子どもたちが 元気に 遊んで います。
  孩童們正在活力十足地玩耍。

- 家は、丈夫に 作ることが 大切です。
  房屋一定要蓋得很堅固。

- あの 子は 歌を 上手に 歌います。
  那孩子歌唱得很好。

- 静かに 歩いて ください。
  請放輕腳步走路。

grammar
17

ごろ

ポイント ①

1 表示大概的時間點。可譯作「左右」。

2 文法比較：「時間＋ぐらい、くらい」是對不明確時間的估計，可譯作「大約」、「左右」。

---

1 表示大概的時間點。

一般只接在年、月、日，和鐘點的詞後面。

- ▪ 7時ごろ、知らない　人から　父に　電話が
  ありました。
  大約七點左右，有個陌生人打了電話來找父親。

- ▪ 明日は　お昼ごろから　出かけます。
  明天大概在中午的時候出門。

- ▪ 6月ごろは　雨が　よく　降ります。
  六月前後經常會下雨。

2「時間＋ぐらい、くらい」是對不明確時間的估計。

表示時間上的推測、估計。

- ▪ 私は　毎日　2時間くらい　勉強します。
  我每天大約唸兩個小時的書。

- ▪ お正月には　1週間ぐらい　休みます。
  過年期間大約休假一個禮拜。

ノート
一般用在無法預估正確的時間，或是時間不明確的時候。

しか＋〔否定〕

ポイント ①

1 表示限定。可譯作「只」、「僅僅」。

1 表示限定。

「しか」下接否定，表示限定。 一般帶有因不足而感到可惜、後悔或困擾的心情。

- **日本語は　少ししか　分かりません。**
  我只懂一點點日文。

- **私には　あなたしか　いません。**
  你是我的唯一。

- **お酒は　1杯しか　飲んで　いません。**
  只喝了一杯酒而已。

- **今年の　雪は　1回しか　降りませんでした。**
  今年僅僅下了一場雪而已。

- **5,000円しか　ありません。**
  僅有五千日圓。

ノート

「だけ」→表限定，後可接肯定、否定。請參考本書第26頁。

「しか」→表限定，後只接否定。

だけ

ポイント ①

❶ 表示限定範圍。可譯作「只」、「僅僅」。

---

❶ 表示限定範圍。

表示只限於某範圍，除此以外沒有別的了。

- 私が　好きなのは　あなただけです。
  我喜歡的只有你一個。

- あの　人は、顔が　きれいなだけです。
  那個人的優點就只有長得漂亮。

- お金が　あるだけでは、結婚できません。
  光是有錢並不能結婚。

- 野菜は　嫌いなので　肉だけ　食べます。
  不喜歡吃蔬菜，所以光只吃肉。

- お父さんの　パンツは　触りたくないので、
  自分の　パンツだけ　洗います。
  因為不想碰爸爸的內褲，所以只洗自己的內褲。

他動詞＋てあります

ポイント ①

1 表示動作結束後，結果還存在的狀態。可譯作「…著」、「已…了」。

2 文法比較：「自動詞＋ています」指非意圖性狀態的持續。

1 表示動作結束後，結果還存在的狀態。

表示抱著某個目的、有意圖地去執行，當動作結束之後，那一動作的結果還存在的狀態。

- **果物は　冷蔵庫に　入れて　あります。**
  水果已經放在冰箱裡了。

- **肉と　野菜は　切って　あります。**
  肉和蔬菜已經切好了。

- **「二階の　窓を　閉めて　きて　ください。」**
  「もう　閉めて　あります。」
  「請去把二樓的窗戶關上。」「已經關好了。」

2 「自動詞＋ています」指非意圖性狀態的持續。

表示跟目的、意圖無關的某個動作結果或狀態，還持續到現在。

- **本が　落ちて　います。**
  書掉了。

- **時計が　遅れて　います。**
  時鐘慢了。

ノート

「～てあります」→強調眼前所呈現的狀態。
「～ておきます」→強調為了某目的，先做某動作。可譯作「事先…了」。

ノート

「他動詞＋てあります」→強調人為有意圖做某動作，其結果或狀態持續著。
「自動詞＋ています」→強調自然、非人為的動作，所產生的結果或狀態持續著。

〔方法・手段〕＋で／て

ポイント ①

1 「名詞＋で」表示動作的方法、手段或工具。
可譯作「用…」；「乘坐…」。

2 「動詞＋て」表示行為的方法或手段。

---

1 **表示動作的方法、手段或工具。**

以「名詞＋で」的形式，表示動作的方法、手段，或是使用的交通工具。

- おふろに　入って、せっけんで　体を　洗います。
  洗澡時，用肥皂清洗身體。

- その　ことは　新聞で　知りました。
  我是從報上得知了那件事的。

- エレベーターは　6人までですか。じゃ、私は
  階段で　行きます。
  電梯限搭六人嗎？那麼，我走樓梯。

2 **「動詞＋て」表示行為的方法或手段。**

- ＣＤを　聞いて、勉強します。
  聽 CD 來讀書。

- 地震の　ときは、エレベーターを　使わないで、
  階段を　下りて　ください。
  地震的時候，請勿搭乘電梯，請走樓梯下樓。

ノート
「動詞＋ないで」表示否定。可譯作「不…」。

〔數量〕＋で〔數量〕

ポイント ①

1 表示數量、金額的總和。可譯作「共…」。

1 表示數量、金額的總和。

「で」的前後可接數量、金額、時間單位等。

- ３５４グラムで ４２５円です。
  三百五十四公克是四百二十五日圓。

- 1時間で 7,000円です。
  一個小時收您七千日圓。

- 3本で 100円です。
  三條總共一百日圓。

- たまごは 6個で 300円です。
  雞蛋6個300日圓。

- 4つ、5つ、6つ、全部で 6つ あります。
  四個、五個、六個，全部共有六個。

ノート

「～本（ほん・ぼん・ぽん）」為計算細長物品的單位詞。

～てください

ポイント ①

1 表示請求、命令某人做某事。可譯作「請…」。

2 文法比較：「～てくださいませんか」是更有
禮貌的說法。可譯作「能不能請您…」。

---

1 **表示請求、命令某人做某事。**

以「動詞て形＋ください」的形式，一般常用在老師對學
生、上司對部屬、醫生對病人等指示、命令的時候。

- この 問題が 分かりません。教えて ください。
  這道題目我不知道該怎麼解，麻煩教我。

- こんな 字では なくて、もっと きれいな
  字を 書いて ください。
  請別寫得這麼潦草，而是用更加工整的字跡書寫。

- 本屋で 雑誌を 買って きて ください。
  請到書店買一本雜誌回來。

2 **「～てくださいませんか」是更有禮貌的說法。**

由於請求的內容給對方負擔較大，因此有婉轉地詢問對方
是否願意的語氣。也使用於向長輩等上位者請託的時候。

- お名前を 教えて くださいませんか。
  能不能告訴我您的尊姓大名？

- 先生、もう 少し ゆっくり 話して くださ
  いませんか。
  老師，能否請您講慢一點？

ノート
否定的請求命
令請參考本書
第 45 頁。

ノート
跟「～てくだ
さい」一樣表
示請求，但說
法更有禮貌。

〜でしょう

ポイント ①

1 表示說話者的推測。可譯作「也許…」、「可能…」、「大概…吧」。

2 表示確認。可譯作「…對吧」。

1 表示說話者的推測。

「動詞普通形＋でしょう」、「形容詞＋でしょう」、「名詞＋でしょう」。伴隨降調，表示說話者的推測，說話者不是很確定，不像「です」那麼肯定。

- 明日は 風が 強いでしょう。
  明天風很強吧！

- あの 人は たぶん 学生でしょう。
  那個人應該是學生吧！

- たぶん 電車より タクシーの 方が 早いでしょう。
  與其搭電車，計程車大概比較快吧！

2 表示確認。

表示向對方確認某件事情，或是徵詢對方的同意。

- この 作文、お父さんか お母さんが 書いたでしょう。
  這篇作文，是由爸爸或媽媽寫的吧？

- それは 違うでしょう。
  那樣不對吧？

ノート
「〜でしょう」→說話者不是很確定的推測。
「〜はずだ」→就自己的瞭解，做比較有把握的推斷。請參考本書第103頁。

ノート
常跟「たぶん」一起使用。

〔對象〕と

ポイント ①

1 表示一起去做某事的對象。可譯作「跟…一起」。

2 表示互相進行某動作的對象。可譯作「跟…」。

---

1 表示一起去做某事的對象。

「と」前面是一起動作的人。

- 土曜日の　夜、木村さんと　映画を　見に　行きました。
  星期六晚上，我和木村先生去看了電影。

- 来月、友達と　一緒に　韓国に　行きます。
  下個月，我和朋友要一起去韓國。

- 彼女と　晩ご飯を　食べました。
  和她一起吃了晚餐。

2 表示互相進行某動作的對象。

「と」前面接對象，表示跟這個對象互相進行某動作，如結婚、吵架等等。

- 私と　結婚して　ください。
  請和我結婚。

- 昨日、姉と　けんかしました。
  昨天跟姊姊吵架了。

ノート
「一緒に」可省略。

ノート
後面接一個人不能完成的動作。

動詞（過去肯定／過去否定）

ポイント ①

1 文法比較：動詞現在式，表示人事物的動作等。

2 動詞過去式，表示人事物過去的動作、行為等。

3 文法比較：動詞基本形是比「ます形」還隨便的說法。

N5

1 動詞現在式，表示人事物的動作、行為等。

表示人或事物的存在、動作、行為和作用的詞叫動詞。

- 帽子を　かぶります。
  ぼうし
  戴帽子。

2 動詞過去式，表示人事物過去的動作、行為等。

動詞過去式表示人或事物過去的存在、動作、行為和作用。

- 今日は　たくさん　働きました。
  きょう　　　　　　はたら
  今天做了很多工作。

- ほかの　人は　少ししか　しませんでした。
  ひと　　すこ
  其他人只做了一點點。

- 今日の　仕事は　終わりませんでした。
  きょう　しごと　　お
  今天的工作並沒有做完。

3 動詞基本形是比「ます形」還隨便的說法。

相對於「動詞ます形」，動詞基本形說法比較隨便，一般用在關係跟自己比較親近的人之間。

- 箸で　ご飯を　食べる。
  はし　　はん　　た
  用筷子吃飯。

ノート

因為辭典上的單字用的都是基本形，所以又叫「辭書形」。

grammar
27

動詞たあとで

ポイント ①

N5-27

1 表示前項動作做完後，做後項動作。可譯作「…以後…」。

2 文法比較：「名詞＋の＋あとで」也表示動作先後順序。

---

1 **表示前項的動作做完後，做後項的動作。**

是一種按照時間順序，客觀敘述事情發生經過的表現，而前後兩項動作相隔一定的時間發生。

- 子どもが 寝た あとで、本を 読みます。
  等孩子睡了以後會看看書。

- 宿題を した あとで、テレビを 見ました。
  做完功課以後，看了電視節目。

- 授業が 始まった あとで、おなかが 痛くなりました。
  開始上課以後，肚子忽然痛了起來。

2 **「名詞＋の＋あとで」也表示動作先後順序。** 補充

以「名詞＋の＋あとで」的形式，也表示完成前項事情之後進行後項行為。

- トイレの あとで おふろに 入ります。
  上完廁所後洗澡。

- 学校の あとで ピアノの 先生の ところに行きます。
  放學後去鋼琴老師那邊。

ノート
「～た あとで」→客觀地敘述前後兩動作的順序。
「～てから」→強調先做某事。請參考本書第 38 頁。

動詞たい

ポイント ①

1 表示說話人希望某一行為能實現。可譯作「…想要做…」。

2 使用他動詞時，常搭配助詞「が」。

1 **表示說話人希望某一行為能實現。**

以「動詞ます形＋たい」的形式，表示說話人（第一人稱）內心希望某一行為能實現，或是強烈的願望。

- お金の　たくさん　ある　人と　結婚したいです。
  我想和有錢人結婚。

- 早く　20歳に　なりたいです。
  我希望快點長到二十歲。

- 疲れたので　座りたいです。
  很累了，希望能坐下來。

ノート

「～たい」→希望某一行為能實現。
「～ほしい」→希望能得到某物。

2 **使用他動詞時，常搭配助詞「が」。**

使用他動詞時，常將原本搭配的助詞「を」，改成助詞「が」。

- 果物が　食べたいです。
  我想要吃水果。

- 何が　飲みたいですか。
  想喝什麼呢？

ノート

用於疑問句時，表示聽話者的願望。

動詞たり、動詞たりします

ポイント ①

1 表示動作並列。可譯作「又是…，又是…」。

2 表動作並列，「動詞たり」有時僅出現一次。

3 表動作反覆實行。可譯作「有時…，有時…」。

---

1 **表示動作並列。**

「動詞た形＋り＋動詞た形＋り＋する」。表示從幾個動作之中，例舉出 2、3 個有代表性的，並暗示還有其他的。

- 日本の 本を 読んだり、テレビを 見たりして 勉強します。

  透過看日本書以及電視節目來學習。

- デパートで、買い物を したり ご飯を 食べたりするのが 好きです。

  我喜歡在百貨公司買買東西、吃吃飯。

ノート

意思跟「や」類似，但「や」前面接的是名詞。

2 **表動作並列，「動詞たり」有時只會出現一次。**

- 今度の 台湾旅行では、台湾茶の お店に 行ったりしたいです。

  下回去台灣旅遊的時候，希望能去販賣台灣茶的茶行。

ノート

基本上，「動詞たり」還是會連用兩次。

3 **表示動作的反覆實行。**

- うちの おばあちゃんは 病気で、毎日 寝たり 起きたりして いるだけです。

  我奶奶生病了，每天只能在家時起時臥。

- 病気で 体温が 上がったり 下がったりして います。

  因為生病而體溫忽高忽低的。

ノート

說明有這種情況，又有那種情況，或是兩種對比的情況。

動詞＋て

ポイント ①

1 表示原因。

2 表示並舉幾個動作或狀態。

3 表示時間順序。

1 表示原因。

表示原因，但其因果關係比「～から」、「～ので」還弱。

- たくさん 勉強して、有名な 大学に 入りました。
  經過一番努力用功，終於進了知名的大學。

- 年を 取って、足が 悪く なりました。
  上了年紀，因此腿腳不中用了。

- 財布を なくして、友達に 1,000円 借りました。
  弄丟了錢包，於是向朋友借了一千日圓。

ノート

「～から」、「～ので」用法，請參考本書第 12 頁。

2 表示並舉幾個動作或狀態。

單純的連接前後短句成一個句子，表示並舉了幾個動作或狀態。

- 朝は パンを 食べて、牛乳を 飲みます。
  早上吃麵包，喝牛奶。

3 表示時間順序。

連接行為動作的短句時，表示這些行為動作一個接著一個，按照時間順序進行。

- コートを 着て 靴を 履いて 外に 出ます。
  披上大衣外套、穿上鞋子後外出。

ノート

除了最後一個動作以外，前面的動詞詞尾都要變成「て形」。

動詞てから

ポイント ①

1 表動作的順序。可譯作「先做…，然後再做…」。

2 表持續狀態的起點。可譯作「從…」。

---

1 **表動作的順序。**

以「動詞て形＋から」的形式，結合兩個句子，表示前句的動作做完後，進行後句的動作。

- 天気が よく なってから、洗濯を します。
  等到天氣好轉之後，再洗衣服。

- テレビに 出てから、有名に なりました。
  自從上了電視以後，就出名了。

- シャワーを 浴びてから、学校に 行きます。
  先沖澡，再去上學。

2 **表持續狀態的起點。**

表示某動作、持續狀態的起點。

- 日本語の 勉強を 始めてから、まだ ３ヶ月 です。
  自從開始學日語到現在，也才三個月而已。

- 今月に 入ってから、毎日 とても 暑いです。
  這個月以來，每天都非常炎熱。

ノート

這個句型強調先做前項的動作。

ノート

「～ヶ月」是「…個月」的意思，還可以用「～か月、ヵ月」等的方式表記。

動詞ないで

ポイント ①

1 表示附帶狀況。可譯作「沒…就…」。

2 表示並列性的對比。可譯作「沒…反而…」、「不做…，而做…」。

1 表示附帶狀況。

以「動詞否定形＋ないで」的形式，表示附帶的狀況，也就是同一個動作主體的行為「在不做…的狀態下，做…」的意思。

- 切符を　買わないで　電車に　乗りました。
  沒有買車票就搭上電車了。

- 1週間　着た　服を　洗わないで　また　着ました。
  穿了一星期的衣服沒洗，又繼續穿上身了。

- 財布を　持たないで　買い物に　行きました。
  沒帶錢包就去買東西了。

- 昨日は　寝ないで　勉強しました。
  昨天整晚沒睡都在讀書。

2 表示並列性的對比。

對比述說兩個事情，表示不是做前項的事，卻是做後項的事，或是發生了後項的事。

- いつも　朝は　ご飯ですが、今朝は　ご飯を　食べないで　パンを　食べました。
  平常早餐都吃飯，但今天早上吃的不是飯而是麵包。

動詞ながら

ポイント ①

1 表示同一主體同時進行兩個動作。可譯作「一邊…一邊…」。

2 也可使用於長時間狀態下，所同時進行的動作。

---

1 表示同一主體同時進行兩個動作。

以「動詞ます形＋ながら」的形式，表示同一主體同時進行兩個動作。

- テレビを 見ながら 食事を します。
  一邊看電視一邊吃飯。

- トイレに 入りながら 新聞を 読みます。
  一邊上廁所一邊看報紙。

- おふろに 入りながら 歌を 歌います。
  一面洗澡一面唱歌。

2 也可使用於長時間狀態下，所同時進行的動作。

- 中学を 出てから、昼間は 働きながら 夜 高校に 通って 卒業しました。
  從中學畢業以後，一面白天工作一面上高中夜校，靠半工半讀畢業了。

- 銀行に 勤めながら、小説も 書いて います。
  一方面在銀行工作，同時也從事小說寫作。

> **ノート**
>
> 後面的動作是主要的動作，前面的動作為伴隨的次要動作。

動詞まえに

ポイント

1 表示動作順序。可譯作「…之前，先…」。

2 無論如何，「まえに」前都要接動詞辭書形。

3 文法比較：「名詞＋の＋まえに」。可譯作「…前」。

1 表示動作順序。

以「動詞辭書形＋まえに」的形式，表示動作的順序，也就是做前項動作之前，先做後項的動作。

- 日本に　留学する　前に、台湾で　日本語を
よく　勉強します。

  去日本留學之前，要先在台灣努力學日語。

- 道を　渡る　前に、右と　左を　よく　見ましょう。

  過馬路之前，要先注意左右來車喔！

- 暗く　なる　前に　うちに　帰ります。

  要在天黑前回家。

2 無論如何，「まえに」前都要接動詞辭書形。

句尾動詞即使是過去式，「まえに」前接動詞辭書形。

- 友達の　うちへ　行く　前に、電話を　かけました。

  去朋友家前，先打了電話。

3 「名詞＋の＋まえに」表示前面或事先。 補充

表示空間上的前面，或做某事之前先進行後項行為。

- 食事の　前に　手を　洗います。

  吃飯前先洗手。

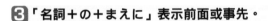

動詞＋名詞

ポイント ！

1 「動詞＋名詞」用以修飾名詞。

2 文法比較：「形容詞＋名詞」可修飾名詞。

3 文法比較：「形容動詞な＋名詞」可修飾名詞。

---

1 「動詞＋名詞」用以修飾名詞。

動詞的普通形，可以直接修飾名詞。

▪ あそこに 立って いる お巡りさんは、とて
も 立派な 人です。

站在那邊的警察先生是一位非常了不起的人。

▪ そこは、去年 私が 行った ところです。

那裡是我去年到過的地方。

▪ 来週 登る 山は、3,000 メートルも あります。

下星期要爬的那座山，海拔高達三千公尺。

2 「形容詞＋名詞」可修飾名詞。

補充

形容詞要修飾名詞，就是把名詞直接放在形容詞後面。

▪ 安い ホテルに 泊まりました。

投宿在便宜的飯店裡。

3 「形容動詞な＋名詞」可修飾名詞。

補充

形容動詞要後接名詞，得把詞尾「だ」改成「な」，才可
以修飾後面的名詞。

▪ きれいな コートですね。

好漂亮的大衣呢！

ノート

注意喔！因為
日語形容詞本
身就有「…
的」之意，所
以不要再加
「の」了喔！

～とき

ポイント ①

1 表示與此同時並行發生其他的事情。可譯作「…的時候…」。

2 「とき」前後的動詞時態也可能不同。

1 表示與此同時並行發生其他的事情。

以「動詞普通形＋とき」、「形容動詞＋な＋とき」、「形容詞＋とき」、「名詞＋の＋とき」的形式，表示與此同時並行發生其他的事情。

- 休_{やす}みの　とき、よく　デパートに　行_いきます。
  休假的時候，我經常去逛百貨公司。

- 結婚_{けっこん}した　とき、パーティーに　100人_{ひゃくにん}ぐらい　よびました。
  結婚的時候，邀請了大約一百個人來參加婚宴。

- 仕事_{しごと}が　忙_{いそが}しい　ときは、お昼_{ひる}ご飯_{はん}を　食_たべません。
  工作忙碌的時候，沒空吃午飯。

2 「とき」前後的動詞時態也可能不同。

- 新幹線_{しんかんせん}に　乗_のったとき、いつも　駅弁_{えきべん}を　食_たべます。
  每次搭新幹線列車的時候，總是會吃火車便當。

- 昨日_{きのう}も、新幹線_{しんかんせん}に　乗_のるとき、ホームで　駅弁_{えきべん}を　買_かいました。
  昨天搭新幹線列車時，也在月台買了火車便當。

ノート

「動詞過去式＋とき」後接現在式，表示實現前者後，後者才成立。

「動詞現在式＋とき」後接過去式，強調後者比前者早發生。

どのぐらい、どれぐらい

1 表示「多久」之意。

---

1 表示「多久」之意。

但是也可以視句子的內容，翻譯成「多少、多少錢、多長、多遠」等。

- どれぐらい　勉強^{べんきょう}しましたか。
  你唸了多久的書？

- 春休^{はるやす}みは　どのぐらい　ありますか。
  春假有多長呢？

- 私^{わたし}の　ことが　どれくらい　好^すきですか。
  你有多麼喜歡我呢？

- お金^{かね}を　どのくらい　持^もって　いますか。
  請問你帶了多少錢呢？

- 東京^{とうきょう}から　大阪^{おおさか}まで　新幹線^{しんかんせん}で　どれぐらいですか。
  請問從東京到大阪搭新幹線列車大約要多久呢？

〜ないでください

ポイント ①

1 表示否定的請求命令。可譯作「請不要⋯」。

2 文法比較：「〜ないでくださいませんか」是更婉轉的說法。可譯作「能不能請您不要⋯」。

1 **表示否定的請求命令。**

以「動詞否定形＋ないでください」的形式，請求對方不要做某事。

ノート
肯定的請求命令請參考本書第30頁。

- 大人は　乗らないで　ください。
  成年人請勿騎乘。

- あさっては　大学に　入る　テストです。休まないで　ください。
  後天有大學的入學考試，請不要請假。

- お酒を　飲んだり　たばこを　吸ったり　しないで　ください。
  請不要又喝酒又抽菸的。

2 **「〜ないでくださいませんか」是更婉轉的說法。**

是種婉轉請求對方不要做某事的說法。

- 電気を　消さないで　くださいませんか。
  可以麻煩不要關燈嗎？

- 大きな　声を　出さないで　くださいませんか。
  可以麻煩不要發出很大的聲音嗎？

〔時間〕＋に＋〔次數〕

ポイント ①

1 表示某一範圍內的數量或次數。

---

1 表示某一範圍內的數量或次數。

「に」前接時間表某範圍內，後面則為數量或次數。

- 半年に 一度、国に 帰ります。
  半年回國一次。

- 1日に 2時間ぐらい、勉強します。
  一天大約唸兩小時書。

- 会社は 週に 2日休みです。
  公司是週休二日。

- 3ヶ月に 一度、テストが あります。
  每三個月有一次測驗。

- 年に 1回か 2回、風邪を ひきます。
  每年會感冒一兩次。

〜は〜が、〜は〜

ポイント ①

1 表示區別、比較兩個對立的事物。可譯作「但是…」。

1 表示對比。

「は」除了提示主題以外，也可以用來區別、比較兩個對立的事物，也就是對照地提示兩種事物。

- 兄は いますが、姉は いません。
  我有哥哥，但是沒有姊姊。

- 私の 国は、夏は とても 暑いですが、冬は 寒くなくて いいです。
  我的國家雖然夏天很熱，但是冬天不會很冷，感覺很舒服。

- 子どもは 嫌いですが、自分の 子どもは かわいいです。
  我雖然討厭小孩，但覺得自己的孩子真是可愛。

- 平仮名は 覚えましたが、片仮名は まだです。
  雖然學會平假名了，但是還看不懂片假名。

- ご飯は もう 食べましたが、お茶は これから 飲みます。
  雖然已經吃過飯了，但是現在才要喝茶。

～は～です

ポイント ①

1 表示對主題的斷定或說明。（所謂主題就是後面要敘述的對象，或判斷的對象。）

---

1 **表示對主題的斷定或說明。**

助詞「は」表示主題，這個主題只限於「は」所提示的範圍。用在句尾的「です」表示對主題的斷定或是說明。

- **9月8日は　水曜日です。**
  九月八日是星期三。

- **冬は　寒いです。**
  冬天很冷。

- **花子は　きれいです。**
  花子很漂亮。

- **私は　あなたが　好きです。**
  我喜歡你。

- **日本語は　難しいですが、面白いです。**
  日語雖然很難學，但是很有趣。

此處的「が」用法請參考本書第 10 頁。

此處「が」為逆接用法，表示前句跟後句內容是相對立的。可譯作「但是」。

〔場所・方向〕へ（に）

ポイント

1 表示動作、行為的方向。可譯作「往…」、「去…」。

1 表示動作、行為的方向。

前接跟地方有關的名詞，表示動作、行為的方向。同時也指行為的目的地。

▸ 来月　国へ　帰ります。
下個月回國。

▸ 友達と　レストランへ　行きます。
和朋友去餐廳。

▸ 川の　向こうへ　渡る　橋は　一つしか　ありませんでした。
能通往對岸的橋只有一座。

▸ 友達の　隣に　並びます。
我排在朋友的旁邊。

▸ 飛行機に　3時間ぐらい　乗って　台湾に　着きました。
搭乘飛機三個小時左右以後，到達台灣了。

ノート

可以跟「に」互換。

〔場所〕へ／（に）〔目的〕に

ポイント ①

1 表示移動之目的。可譯作「到…（做某事）」。

---

1 表示移動之目的。

表示移動的場所用助詞「へ」（に），表示移動的目的用助詞「に」。「に」的前面要用動詞ます形。

- **図書館へ 本を 返しに 行きます。**
  去圖書館還書。

- **公園へ 散歩に 行きます。**
  去公園散步。

- **すみませんが、アパートへ 財布を 取りに 戻りたいです。**
  不好意思，我想回公寓去拿錢包。

- **日本へ すしを 食べに 来ました。**
  特地來到了日本吃壽司。

- **夏休みは、家へ 両親の 顔を 見に 帰ります。**
  暑假要回家探望父母。

ノート

遇到サ行變格動詞（如：散步します），則要把「します」拿掉。

名詞＋で

ポイント ①

1 表示原因、理由。可譯作「因為…」。

2 表示動作進行的場所。可譯作「在…」。

1〔理由〕＋で

「で」的前項為後項結果的原因、理由。

- 雪で 電車が 遅れました。
  大雪導致電車誤點了。

- 日曜日で バスが 少ないです。
  由於是星期天，巴士的班次不多。

- 仕事で 疲れました。
  工作把我累壞了。

2〔場所〕＋で

「で」的前項為後項動作進行的場所。

- 郵便局で 手紙を 出します。
  在郵局寄信。

- あの店で ラーメンを 食べました。
  在那家店吃了拉麵。

ノート

「で」→表示
所有的動作都
在那一場所進
行。
「を」→表示
動作所經過的
場所。請參考
本書第56頁。

名詞＋の

ポイント ①

1 準體助詞用法。可譯作「…的」。

2 文法比較：「形容詞＋の」表示代替可省略名詞。

3 文法比較：「形容動詞な＋の」表示代替可省略名詞。

---

1 **準體助詞用法。**

準體助詞「の」後面可省略前面出現過，或無須說明大家都能理解的名詞，不需要再重複，或替代該名詞。

- この　本は　図書館のです。
  這本書是圖書館的。

- その　雑誌は　先月のです。
  那本雜誌是上個月的。

- 食べ物は　台湾のより　日本のが　好きです。
  論食物，比起台灣的我更喜歡日本的。

2 **「形容詞＋の」表示代替可省略的名詞。** 補充

形容詞後面接的「の」是一個代替名詞，代替句中前面已出現過的某個名詞。

- もっと　安いのは　ありませんか。
  沒有更便宜的嗎？

3 **「形容動詞な＋の」表示代替可省略的名詞。** 補充

形容動詞後面接代替句子的某個名詞「の」時，要將詞尾「だ」變成「な」。

- 便利なのが　ほしいです。
  我想要方便的。

名詞＋の＋名詞

ポイント ①

① 用於修飾名詞。可譯作「…的…」。

① 用於修飾名詞。

「名詞＋の＋名詞」用於修飾名詞，表示該名詞的所有者、內容說明、作成者、數量、材料、時間及位置等等。

- 私の　父は、隣の　町の　銀行に　勤めて　います。
  家父在鄰鎮的銀行工作。

- 彼は　日本語の　先生です。
  他是日文老師。

- テレビの　上に　花瓶を　置くのは　危ないですよ。
  把花瓶擺在電視機上很危險喔。

- 5月5日は　子どもの日です。
  五月五日是兒童節。

- お手洗いの　せっけんが　なくなりました。
  洗手間裡的肥皂用完了。

名詞に＋なります

ポイント ①

1 表示事物的變化。可譯作「變成…了」。

2 文法比較：「名詞に＋します」表示有意圖性的施加作用，可譯作「讓…變成…、使其成為…」。

---

1 **表示事物的變化。**

以「名詞に＋なります」的形式，表示在無意識中，事態本身產生的自然變化。

- 早く　大人に　なって、お酒を　飲みたいです。
  我希望趕快變成大人，這樣就能喝酒了。

- 夏休みに　なってから、公園に　子どもが　たくさん　います。
  自從放暑假以後，公園裡的孩童就變多了。

- あそこは　前は　喫茶店でしたが、すし屋に　なりました。
  那裡以前開了家咖啡廳，後來改成壽司料理店了。

2 **「名詞に＋します」表示有意圖性的施加作用。**

「します」是表示人為有意圖性的施加作用，而產生變化。

- 子どもを　医者に　します。
  我要讓孩子當醫生。

- バナナを　半分に　しました。
  我把香蕉分成一半了。

ノート
名詞後接「なります」，要先接「に」再加上「なります」。

ノート
即使變化是人為造成的，若重點不在「誰改變的」，也可用此文法。

ノート
名詞後面接「します」，要先接「に」再接「します」。

～も～

ポイント ①

1 表示並列。可譯作「…也…」、「都…」。

2 表示累加、重複。可譯作「也…」、「又…」。

1 表示並列。

表示同性質的東西並列或列舉。

- 父も 母も 背が 高いです。
  不論是爸爸或媽媽都長得很高。

- 日本語も 中国語も 漢字を 使います。
  無論是日文還是中文都使用漢字。

- 明日も あさっても 暇です。
  不管是明天或後天都有空。

2 表示累加、重複。

用於再累加上同一類型的事物。

- 村田さんは 医者です。鈴木さんも 医者です。
  村田先生是醫生。鈴木先生也是醫生。

- 来週、東京に 行きます。横浜にも 行きます。
  下星期要去東京，也會去橫濱。

ノート

「も」除了接
在名詞後面，
也有接在「名
詞＋助詞」之
後的用法。

ポイント ①

1 「〔通過・移動〕＋を」表示經過或移動的場所。

2 「離開點＋を」表示動作離開的場所。

1 表示經過或移動的場所。

用助詞「を」表示經過或移動的場所，而且「を」後面常接自動詞。

- 車で 橋を 渡ります。
  開車過橋。

- いつも エレベーターには 乗らないで 階段を 使います。
  我向來不搭電梯，而是走樓梯。

- 週に 3回、うちの 近くを 5キロぐらい 走ります。
  每星期三次，在我家附近跑五公里左右。

2 表示動作離開的場所。

動作離開的場所用「を」。例如，從家裡出來或從車、船及飛機等交通工具下來。

- 5時に 会社を 出ました。
  在五點的時候離開了公司。

- ここで バスを 降ります。
  在這裡下公車。

ノート

表示通過場所的自動詞如「渡る（わたる／越過）、曲がる（まがる／轉彎）」等；表示移動的自動詞如「歩く（あるく／走）、走る（はしる／跑）、飛ぶ（とぶ／飛）」等。

～を＋他動詞

❶ 「～を＋他動詞」指作用直接涉及其他事物的動作。

❷ 文法比較：「～が＋自動詞」為非人為意圖發生的動作。

❶「～を＋他動詞」指作用直接涉及其他事物的動作。

名詞後面接「を」來表示動作的目的語，這樣的動詞叫「他動詞」。「他動詞」主要是人為的，表示影響、作用直接涉及其他事物的動作。

- 名前と　電話番号を　教えて　くださいませんか。
  請問可以告訴我您的姓名和電話嗎？

- ほかの　人と　結婚して　あの　人を　早く　忘れたいです。
  我想和其他人結婚，快點忘了那個人。

- 3年前に　日本語の　勉強を　始めました。
  從三年前開始學習日語。

❷「～が＋自動詞」為非人為意圖發生的動作。

「自動詞」是因為自然等等的力量，沒有人為的意圖而發生的動作。「自動詞」不需要有目的語，就可以表達一個完整的意思。

- 火が　消えました。
  火熄了。

- 気温が　上がります。
  溫度會上升。

ノート
相較於「他動詞」，「自動詞」無動作的涉及對象。相當於英語的「不及物動詞」。

MEMO

N4

頻出文法を完全マスター

お～いたす

❶ 透過降低自己一方，向對方表示尊敬的謙讓語。

❷ 當動詞為サ行變格動詞時，用「ご～いたす」。

---

❶ **透過降低自己一方，向對方表示尊敬的謙讓語。**

【お動詞連用形】＋いたす。這是動詞的謙讓形式。對要表示尊敬的人，透過降低自己或自己這一邊的人的說法，以提高對方地位，來向對方表示尊敬。

- 資料は私が来週の月曜日にお届けいたします。
  我下週一會將資料送達。

- ただいまお茶をお出しいたします。
  我馬上就端茶出來。

- ご注文がお決まりでしたら、お伺いいたします。
  決定好的話，我就為您們點餐。

❷ **當動詞為サ行變格動詞時，用「ご～いたす」。**

【ごサ變動詞詞幹】＋いたす。

- 会議室へご案内いたします。
  請隨我到會議室。

- またメールでご連絡いたします。
  容我之後再以電子郵件與您聯繫。

ノート

比「お～する」在語氣上更謙和一些。

お～ください

ポイント ①

1 向對方表示尊敬的尊敬語。可譯作「請…」。

2 當動詞為サ行變格動詞時，用「ご～ください」。

1 向對方表示尊敬的尊敬語。

【お動詞連用形】＋ください。用在對客人、屬下對上司的請求。這是為了表示敬意而抬高對方行為的表現方式。

- 山田様、どうぞお入りください。
  山田先生，請進。

- お待たせしました。どうぞお座りください。
  久等了，請坐。

- まだ準備中ですので、もう少しお待ちください。
  現在還在做開店的準備工作，請再稍等一下。

- こちらに詳しい説明がありますので、ぜひお読みください。
  這裡有詳細的說明，請務必仔細閱讀。

2 當動詞為サ行變格動詞時，用「ご～ください」。

【ごサ變動詞詞幹】＋ください。

- どうぞご自由にご利用ください。
  敬請隨意使用。

ノート

尊敬程度比「てください」要高。「ください」是「くださる」的命令形「くだされ」演變而來的。

お〜する

ポイント ①

1 透過降低自己一方，向對方表示尊敬的謙讓語。

2 當動詞為サ行變格動詞時，用「ご〜する」。

---

1 透過降低自己一方，向對方表示尊敬的謙讓語。

【お動詞連用形】＋する。表示動詞的謙讓形式。對要表示尊敬的人，透過降低自己或自己這一邊的人，以提高對方地位，來向對方表示尊敬。

- 2、3日中に電話でお知らせします。
  這兩三天之內會以電話通知您。

- 私のペンをお貸ししましょう。
  我的筆借給你吧！

- 日本の経済について、ちょっとお聞きします。
  想請教一下有關日本經濟的問題。

2 當動詞為サ行變格動詞時，用「ご〜する」。

【ごサ變動詞詞幹】＋する。

- それはこちらでご用意します。
  那部分將由我們為您準備。

- 先生にご相談してから決めようと思います。
  我打算和律師商討之後再做決定。

ノート
謙和度比「お〜いたす」要低。

お～になる

1 向對方表示尊敬的尊敬語。

2 當動詞為サ行變格動詞時，用「ご～になる」。

3 文法比較：以「（ら）れる」形式向對方表示尊敬。

1 向對方表示尊敬的尊敬語。

【お動詞連用形】＋になる。動詞尊敬語的形式。表示對對方或話題中提到的人物的尊敬。

- 先生の奥さんがお倒れになったそうです。
  聽説師母病倒了。

ノート

比「れる」、「られる」的尊敬程度要高。

2 當動詞為サ行變格動詞時，用「ご～になる」。

【ごサ變動詞詞幹】＋になる。

- 部長はもうご出発になりました。
  經理已經出發了。

- ここは、宗像さんがご卒業になった大学です。
  這裡是宗像先生的大學母校。

3 以「（ら）れる」形式向對方表示尊敬。

【一段動詞・カ變動詞未然形】＋られる；【五段動詞未然形；サ變動詞未然形さ】＋れる。表示對對方或話題人物的尊敬，就是在表敬意之對象的動作上用尊敬助動詞。

- もう具合はよくなられましたか。
  身體好一些了嗎？

- 先生は、少し痩せられたようですね。
  老師好像變瘦了呢！

ノート

尊敬程度低於「お～になる」。

〜がする

ポイント ①

1 表示說話人通過感官感受到的感覺或知覺。可譯作「感到…」、「覺得…」、「有…味道」。

---

1 **表示說話人通過感官感受到的感覺或知覺。**

【體言】＋がする。前面接「かおり、におい、味、音、感じ、気、吐き気」等表示氣味、味道、聲音、感覺等名詞，表示說話人通過感官感受到的感覺或知覺。

- 外で大きい音がしました。
  外頭傳來了巨大的聲響。

- 今朝から頭痛がします。
  今天早上頭就開始痛。

- これは肉の味がしますが、本当の肉ではありません。
  這個雖然嚐起來有肉味，但並不是真正的肉類。

- あの人はどこかであったことがあるような気がします。
  我覺得好像曾在哪裡見過那個人。

- これを使うと、おもちのような手触りがする肌になります。
  只要使用這個，就能擁有像麻糬般的細嫩肌膚。

〜かもしれない

ポイント

1 表示推測。可譯作「也許…」、「可能…」。

1 **表示推測。**

【用言終止形；體言】＋かもしれない。表示說話人說話當時的一種不確切的推測。推測某事物的正確性雖低，但是有可能的。肯定跟否定都可以用。

- あの映画はおもしろいかもしれません。
  那部電影可能很有趣！

- ここに止めると、駐車違反かもしれません。
  把車子停在這裡或許會違反交通規定。

- 今日の帰りは遅くなるかもしれません。
  今天有可能會很晚回來。

- 夫は、私のことがきらいなのかもしれません。
  我先生說不定已經嫌棄我了。

- もしかしたら、1億円当たるかもしれない。
  或許會中一億日圓。

ノート

跟「〜かもしれない」相比，「〜と思います」、「〜だろう」的說話者，對自己推測都有較大的把握。其順序是：と思います＞だろう＞かもしれない。

がる（がらない）

ポイント

1 表示有某種想法或感覺。可譯作「覺得…」等。

2 以「を」表示想要的對象。

3 以「がっている」表示現在的狀態。

---

1 **表示有某種想法或感覺。**

【形容詞・形容動詞詞幹】＋がる（がらない）。表示某人說了什麼話或做了什麼動作，而給說話人留下這種想法，有這種感覺，想這樣做的印象。

- みんながいやがる仕事を、進んでやる。
  大家都不想做的工作，就交給我做吧！

- 犬が足を痛がるので、病院に連れて行きました。
  由於小狗腳痛，因此帶牠去了醫院。

- 子どもがめんどうがって部屋の掃除をしない。
  小孩嫌麻煩，不願打掃房間。

2 **以「を」表示想要的對象。**

當動詞為「ほしい」時，搭配的助詞為「を」，而非「が」。

- 妻がきれいなドレスをほしがっています。
  妻子很想要一件漂亮的洋裝。

3 **以「がっている」表示現在的狀態。**

表示現在的狀態用「ている」形，也就是「がっている」。

- あなたが来ないので、みんな残念がっています。
  因為你不來，大家都覺得非常可惜。

> **ノート**
> 「がる」的主體一般是第三人稱。

疑問詞＋～か

ポイント ①

1 句子中含有疑問句，表示事態的不明確性。

此時的疑問句在句中扮演著相當於名詞的角色。

1 **表示事態的不明確性。**

【疑問詞】＋か。當一個完整的句子中，包含另一個帶有疑問詞的疑問句時，則表示事態的不明確性。

- 映画は何時から始まるか教えてください。
  請告訴我電影幾點放映。

- どんな本を読めばいいかわかりません。
  我不知道該讀哪本書才好。

- おすしはどうやって作るのか、インターネットで調べました。
  上網查了壽司是如何做出來的。

- 子ども一人育てるのにいくらかかるか考えると、とても子どもは持てません。
  一想到要花多少錢才能把一個孩子養大，就實在不敢生小孩。

- あの人の誕生日がいつなのか知りたいです。
  我想知道他的生日是幾月幾號。

ノート

此時的疑問句在句中扮演著相當於名詞的角色，但後面的助詞經常被省略。

ノート

「持てる」為「持つ」的可能形。

疑問詞＋ても／でも

ポイント ①

1 表示任何條件都會產生後項結果。可譯作「不管（誰、什麼、哪兒）…」。

2 表示全面肯定或否定。可譯作「無論…」。

---

1 **表示不論什麼條件，都會產生後項的結果。**

【疑問詞】＋【動詞 ・形容詞連用形】＋ても；【疑問詞】＋【體言；形容動詞詞幹】＋でも。前面接疑問詞，表示不論什麼場合、什麼條件，都要進行後項，或是都會產生後項的結果。

- どんなに怖くても、ぜったい泣かない。
  再怎麼害怕也絕不哭。

- いくら忙しくても、必ず運動します。
  我不管再怎麼忙，一定要做運動。

2 **表示全面肯定或否定。**

表示全面肯定或否定，也就是沒有例外，全部都是。

- どこの国でも、子どもの教育は大切だ。
  不管任何國家都很重視兒童的教育。

- いくつになっても、親にとって子どもは子どもです。
  不管長到幾歲，對父母來說，孩子永遠是孩子。

- どちらが選ばれてもうれしいです。
  不論哪一種被選上都很讓人開心。

こう

ポイント ①

❶ 指眼前的事物等，可譯作「這樣」、「這麼」。

❷ 文法比較：「そう」可譯作「那樣」。

❸ 文法比較：「ああ」可譯作「那樣」。

---

❶ 指眼前的事物等。

指眼前的物或近處的事時用的詞。

- 「ちょっとここを押さえていてください。」「こうですか。」

  「麻煩幫忙壓一下這邊。」「像這樣壓住嗎？」

- 私の名前は、ハングルではこう書きます。

  我的名字用韓文是這樣寫的。

- こう毎日雨だと、洗濯物が全然乾かなくて困ります。

  像這樣每天下雨，衣服根本晾不乾，真傷腦筋。

❷「そう」 補充

指示較靠近對方或較為遠處的事物時用的詞。

- そうしたら、君も東大に合格できるのだ。

  那樣一來，你也能考上東京大學的！

❸「ああ」 補充

指示說話人和聽話人以外的事物，或是雙方都理解的事物。

- ああ太っていると、苦しいでしょうね。

  那麼胖一定很痛苦吧！

〜ことがある

ポイント ①

1 表示有時或偶爾發生某事。可譯作「有時…」、「偶爾…」。

2 表示過去經驗，或經歷過某個特別的事件。可譯作「曾…」。

---

1 **表示有時或偶爾發生某事。**

【動詞連體形（基本形）】＋ことがある。表示有時或偶爾發生某事。

- 友人とお酒を飲みに行くことがあります。
  偶爾會跟朋友一起去喝酒。

- たまに自転車で通勤することがあります。
  有時會騎腳踏車上班。

2 **表示過去經驗，或經歷過某個特別的事件。**

【動詞過去式】＋ことがある。表示過去的經驗，或是經歷過某個特別的事件。

- 軽井沢には一度行ったことがあります。
  我曾經去過一次輕井澤。

- ガソリンスタンドでアルバイトをしたことがあります。
  我曾經在加油站打過工。

- パソコンが動かなくなったことがありますか。
  你的電腦曾經當機過嗎？

ノート

常搭配「時々」（有時）、「たまに」（偶爾）等表示頻度的副詞一起使用。

ノート

事件的發生離現在已有一段時間，所以常跟表示過去時間，如「昔、子どものとき」等詞一同出現，不跟離現在非常近的時間詞，如「昨日、先週」一起使用。

〜ことにする

ポイント

1 表示說話人的決定、決心。可譯作「決定…」。

2 文法比較：「〜ことにしている」可譯作「習慣…」。

1 **表示說話人的決定、決心。**

【動詞連體形】＋ことにする。表示說話人以自己的意志，主觀地對將來的行為做出某種決定、決心。大都用在跟對方報告自己決定的事。

- うん、そうすることにしよう。
  嗯，就這麼做吧。

- 家内と別れることにしました。
  我決定和內人離婚了。

- 今日からたばこを吸わないことにしました。
  今天起我決定不抽煙了。

2 **「〜ことにしている」表示習慣。**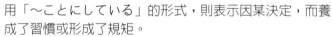

用「〜ことにしている」的形式，則表示因某決定，而養成了習慣或形成了規矩。

- 肉は食べないことにしています。
  我現在都不吃肉了。

- 毎朝ジョギングすることにしています。
  我習慣每天早上都要慢跑。

ノート

ことにする→
說話者自己決定事情。
ことになる→
說話者以外的人或其他情況、條件所產生的決定。

ノート

用過去式「ことにした」表示決定已經形成。

〜ことになる

ポイント ①

1 表示決定。可譯作「（被）決定…」；「也就是說…」。

2 文法比較：「〜ことになっている」表示依照規定。

---

1 表示決定。

【動詞連體形（という）；體言という】＋ことになる。表示決定。指說話人以外的人、團體或組織等，客觀地做出了某些安排或決定。

- 駅にエスカレーターをつけることになりました。
  車站決定設置自動手扶梯。

- こちらを担当することになりました大野と申します。
  敝姓大野，往後由我擔任與貴公司的聯繫窗口。

- とうとう、こんなことになりました。
  事情終於演變到這個地步了。

2 「〜ことになっている」表示依照規定。

以「〜ことになっている」的形式，表示人們的行為會受法律、約定、紀律及生活慣例等約束。

- 子どもはお酒を飲んではいけないことになっています。
  依現行規定，兒童不得喝酒。

- 自分で勉強の計画を立てることになっています。
  要我自己訂立讀書計畫。

ノート

也指針對事情，換一種不同的角度或說法，來探討事情的真意或本質。

（さ）せる

ポイント ①

1 表示強迫。可譯作「讓…」、「叫…」。

2 表示促使他人做某種動作。

3 「〜させておく」表示允許或放任。

1 表示強迫。

【一段動詞・カ變動詞未然形；サ變動詞詞幹】＋させる。
【五段動詞未然形】＋せる。使役形用法某人強迫他人做
某事，由於具有強迫性，只適用於長輩對晚輩或同輩之間。

- 親が子どもに部屋を掃除させた。
  父母叫小孩整理房間。

- 若い人に荷物を持たせる。
  讓年輕人拿行李。

2 表示促使他人做某種動作。

使役形用法，表示某人用言行促使他人自然地做某種行為。

- 聞いたよ。ほかの女と旅行して奥さんを泣かせ
  たそうだね。
  我聽說囉！你帶別的女人去旅行，把太太給氣哭了喔。

- ああ。それで別れたいと言うんだ。笑わせるな。
  是啊，單單因為這點小事就要和我鬧分手。實在是笑
  死人了啦！

3 「〜させておく」表示允許或放任。

- 奥さんを悲しませておいて、何をいうんだ。よ
  く謝れよ。
  你讓太太那麼傷心，還講這種話！要誠心誠意向她道歉啦！

ノート

他動詞句改成
使役句常用
「X が Y に N
を V－させる」
形式。

ノート

自動詞句改成
使役句常用
「X が Y を ／
に V－させる」
形式。

ノート

常搭配「泣
く、笑う、怒
る」等當事人
難以控制的情
緒動詞。

ポイント ①

1 表示並列。可譯作「既…又…」、「不僅…而且…」。

2 表示因果關係。

---

1 表示並列。

【用言終止形】＋し。用在並列陳述性質相同的複數事物，或說話人認為兩事物是有相關連的時候。

- **会社はやめさせられたし、彼女はほかの男に取られた。**
  不但被公司開除了，連女朋友也被別的男人搶走了。

- **三田村は、奥さんはきれいだし子どももよくできる。**
  三田村先生不但有個漂亮的太太，孩子也很成器。

- **仕事はつまらないし、子どももほしいから、早く結婚して会社をやめたい。**
  一來工作很無聊，而且也想生個孩子，所以希望能早點結婚，辭掉工作。

2 表示因果關係。

暗示還有其他理由。是一種語氣委婉的說法。前因後果的關係沒有「から」跟「ので」那麼緊密。

- **少し疲れたし、お茶でも飲みませんか。**
  反正也有點累了，不如來喝杯茶吧。

- **雨が降りそうだし、今日はもう帰ります。**
  看來也快下雨了，今天就先回家了。

ノート
「から」、「ので」用法請參考本書第12頁。

數量詞＋も

ポイント ①

1 強調數量很多、程度很高。

2 用「何＋助數詞＋も」，也表示數量、次數很多。

1 強調數量很多、程度很高。

【數量詞】＋も。前面接數量詞，用在強調數量很多、程度很高的時候。

- **ケーキを 11 個も食べたら、おなかをこわすよ。**
  要是吃了多達十一個蛋糕，會鬧肚子的唷。

- **テレビを 4 時間も見て、目が疲れました。**
  足足看了四個小時的電視，眼睛變得酸痛不堪。

- **パーティーには、1,000 人も集まりました。**
  多達 1000 人聚集在派對上。

2 用「何＋助數詞＋も」，也表示數量、次數很多。

用「何＋助數詞＋も」，如「何回も、何度も」等，表示實際的數量或次數並不明確，但說話者感覺很多。

- **何回も電話したけれど、いつも留守だ。**
  已經打過了好多通電話，可是總是沒人接。

- **ディズニーランドは何度も行きましたよ。**
  我去過迪士尼樂園好幾次了喔！

ノート
由於因人物、場合等條件而異，所以前接的數量詞雖不一定很多，但還是表示很多。

ノート
數量詞＋も→強調數量很多，程度很高。
數量詞＋ばかり（左右、上下）→表示大致的量。

～すぎる

ポイント

1 表示程度超過限度。可譯作「太…」、「過於…」。

2 「ない＋すぎる」→「なさすぎる」。

---

1 表示程度超過限度。

【形容詞・形容動詞詞幹；動詞連用形】＋すぎる。表示程度超過限度，超過一般水平，過份的狀態。

- あなたは、美しすぎます。
  妳真是太美了。

- うちのおじいちゃんは、元気すぎるくらいです。
  我家奶奶身體好得很。

- 肉を焼きすぎました。
  肉烤過頭了。

- 体を洗いすぎるのもよくありません。
  過度清潔身體也不好。

2「ない＋すぎる」→「なさすぎる」。

- 君は自分に自信がなさすぎるよ。勇気を出して彼女にアタックしてみたらどうだ。

  你對自己太沒信心了啦！試試看拿出勇氣追求她嘛！

ノート

含有由於過度，而無法令人滿意或喜歡；也有已經過時的意思。

～ず（に）

ポイント ①

1️⃣ 「不…地」、「沒…地」的意思。

2️⃣ 當動詞為サ行變格動詞時，要用「せずに」。

1️⃣ 表示以否定的狀態做後項動作。

【動詞未然形】＋ず（に）。表示以否定的狀態或方式來做後項的動作，或產生後項的結果。

- 顔を洗わず学校へ行きました。
  沒洗臉就去上學了。

- 海へ行って、泳がずに女の子ばかり見ていました。
  到了海邊，根本沒下水游泳，光顧著欣賞女孩子大飽眼福。

- ご飯を食べずにお菓子ばかり食べてはいけません。
  不可以只吃點心而不吃飯。

2️⃣ 當動詞為サ行變格動詞時，要用「せずに」。

- 連絡せずに、仕事を休みました。
  沒有聯絡就請假了。

- 太郎は勉強せずに遊んでばかりいる。
  太郎不讀書都在玩。

ノート

「ず」雖是文言，但「ず（に）」現在使用得也很普遍。語氣比較生硬，多用在書面上。

〜そう

ポイント ①

1 表示判斷。可譯作「好像…」、「似乎…」。

2 文法比較：「そうだ」表示傳聞。可譯作「聽說…」、「據說…」。

---

1 **表示判斷。**

【動詞連用形；形容詞・形容動詞詞幹】＋そう。表示說話人根據親身的見聞，而下的一種判斷。

- どうしたの。気分が悪そうね。
  怎麼了？你好像不太舒服耶？

- 「これでどうかな。」「よさそうだね。」
  「你覺得這樣好不好呢？」「看起來不錯啊。」

- 大変そうだね。手伝おうか。
  你一個人忙不過來吧？要不要我幫忙？

2 **「そうだ」表示傳聞。**

補充

【用言終止形】＋そうだ。表示不是自己直接獲得的，而是從別人那裡、報章雜誌或信上等，得到該信息的。

- 新聞によると、今度の台風はとても大きいそうだ。
  報上說這次的颱風會很強大。

- 彼の話では、桜子さんは離婚したそうよ。
  聽他說櫻子小姐離婚了。

ノート

說話者為女性時，常將「そうだ」省略為「そう」。

ノート

形容詞「よい」、「ない」接「そう」，會變成「よさそう」、「なさそう」。

ノート

表示信息來源的時候，常用「〜による と」（根據）或「〜の話では」（說是…）等形式。

～たがる

ポイント ①

1 表示第三人稱的願望或希望。可譯作「想…」。

2 以「たがらない」形式，表示否定。

3 以「たがっている」表示現在的狀態。

1 表示第三人稱的願望或希望。

【動詞連用形】＋たがる。用在表示第三人稱，顯露在外表的願望或希望，也就是從外觀就可看對方的意願。

- 娘が、まだ小さいのに台所の仕事を手伝いたがります。

  女兒還很小，卻很想幫忙廚房的工作。

- 子どもも来たがったんですが、留守番をさせました。

  孩子雖然也吵著要來，但是我讓他留在家裡了。

- 遊びのつもりだったのに、相手が結婚したがって困っている。

  我只是打算和她玩一玩，結果她鬧著要結婚，真是傷腦筋。

2 以「たがらない」形式，表示否定。

- 彼女は、理由を言いたがらない。

  她不想說理由。

3 以「たがっている」表示現在的狀態。

表現在的狀態用「ている」形，也就是「たがっている」。

- 夫は冷たいビールを飲みたがっています。

  丈夫想喝冰啤酒。

ノート

是「たい的詞幹」＋「がる」來的。

～だす

ポイント ①

1 表示某動作、狀態的開始。可譯作「…起來」。

2 文法比較：「～はじめる」表示某動作的開始。可譯作「開始…」。

---

1 表示某動作、狀態的開始。

【動詞連用形】＋だす。表示某動作、狀態的開始。

- 話はまだ半分なのに、もう笑い出した。

  事情才說到一半，大家就笑起來了。

- ちょっと注意しただけなのに、泣き出した。
  只不過是訓了幾句，她就哭起來了。

- ここ2、3日暖かくて、積もっていた雪が溶け出しました。

  這兩三天氣溫回暖，前些日子的積雪開始融化了。

- 靴もはかないまま、突然走り出した。
  沒穿鞋就這樣跑起來了。

此句「ここ」用法較特別，不是指場所，而是指距離現在很近的時間（過去或未來皆可使用）。

2「～はじめる」用法與「～だす」相近。 補充

「～だす」用法幾乎跟「～はじめる」一樣，但「～だす」不用於表說話者意志的句子。

- 来年から家計簿をつけ始めるつもりだ。
  我打算從明年起開始記錄家裡的收支帳。

此句的「～はじめる」不得替換成「～だす」。

〜たところだ

ポイント ①

1 表示剛開始做動作沒多久。可譯作「剛…」。

2 文法比較：「〜たばかりだ」表示從心理上感覺到事情發生後不久。可譯作「剛剛…」。

1 表示剛開始做動作沒多久。

【動詞過去式】＋ところだ。表示剛開始做動作沒多久，也就是在「…之後不久」的階段。

- テレビを見始めたところなのに、電話が鳴った。
  才剛看電視沒多久，電話就響了。

- 赤ちゃんが寝たところなので、静かにしてください。
  小寶寶才剛睡著，請安靜一點。

- 今、それを話そうと思っていたところなんです。
  我剛正想跟你講那件事。

2 「〜たばかりだ」表示心理上感覺事情剛發生不久。 補充

「〜たところだ」強調開始做某事的階段，但「〜たばかりだ」則是一種從心理上感覺到事情發生後不久的語感。

- 家を買ったばかりなのに、転勤になったんです。
  明明才剛買了房子，卻要調職了。

- 食べたばかりだけど、おなかが減っている。
  雖然才剛剛吃過飯，肚子卻餓了。

〜ため（に）

ポイント

1 表示目的。可譯作「以…為目的，做…」；「為了…」。

2 表示原因。可譯作「因為…所以」。

---

1 表示目的。

【動詞連體形；體言の】＋ため（に）。表示為了某一目的，而有後面積極努力的動作、行為。前項是後項的目標。

- 私は、彼女のためなら何でもできます。
  只要是為了她，我什麼都辦得到。

- 彼女に気持ちを伝えるために、手紙を書きました。
  為了讓她明白我的心意，寫了一封信。

- あの女はよくない女です。あなたのためになりませんよ。
  那個女人不是什麼好東西。對你有害無益哦。

2 表示原因。

【用言連體形；體言の】＋ため（に）。由於前項的原因，引起後項的結果，且往往是消極的、不可左右的。

- 途中で事故があったために、遅くなりました。
  因為半路發生事故，所以遲到了。

- 指が痛いため、ピアノが弾けない。
  因為手指疼痛而無法彈琴。

ノート
如果「ため（に）」前接人物或團體，就表示為其做有益的事。

～たら

ポイント ①

1 表示假定條件。可譯作「要是…」。

2 表示確定條件。可譯作「如果要是…了」、「…了的話」。

---

1 **表示假定條件。**

【用言連用形】＋たら。當實現前面的情況時，後面的情況就會實現。

- **値段が安かったら、買います。**
  要是便宜的話就買。

- **いい天気だったら、富士山が見えます。**
  要是天氣好，就可以看到富士山。

2 **表示確定條件。**

知道前項一定會成立，以其為契機，做後項。

- **大きくなったら、僕のお嫁さんになってくれる？**
  等妳長大以後，願意當我的新娘嗎？

- **宿題が終わったら、遊びに行ってもいいですよ。**
  等到功課寫完了，就可以去玩了喔。

- **20歳になったら、たばこが吸える。**
  到了二十歲，就能抽菸了。

ノート

但前項會不會成立，實際上還不知道。

ノート

相當於「當作了某個動作時，那之後…」。

～つもりだ

N4-25

ポイント ①

1 表示意圖。可譯作「打算…」、「準備…」。

2 「～つもりはない」可譯作「不打算…」。

3 「～つもりではない」可譯作「並非有意要…」。

---

1 **表示意志、意圖。**

【動詞連體形】＋つもりだ。表示說話人的意志、預定、計畫等。有說話人的打算是從之前就有，且意志堅定的語氣。

- 卒業しても、日本語の勉強を続けていくつもりだ。
  即使畢業了，我也打算繼續學習日文。

- 週末は山に行くつもりでしたが、子どもが熱を出して行けませんでした。
  原本打算週末去爬山，可是小孩子突然發燒，結果去不成了。

- 両親は小さな店をやっているが、継がないつもりだ。
  雖然我父母開了一家小商店，但我沒打算繼承家業。

2 「～つもりはない」表「不打算…」之意。

否定意味比「～ないつもりだ」還要強。

- あなたとお付き合いするつもりはありません。
  我一點都不想和你交往。

3 「～つもりではない」表「並非有意要…」之意。

- 殺すつもりではなかったんです。
  我原本沒打算殺他。

ノート

也可以表示第三人稱的意志。

ノート

「～ないつもりだ」為否定形。

〜てくれる

ポイント ①

1 表示他人為我方做有益的事。「（為我）做…」的意思。

2 文法比較：「〜てくださる」是「〜てくれる」的尊敬說法。

1 表示他人為我，或為我方的人做前項有益的事。

【動詞連用形】＋てくれる。用在帶著感謝的心情，接受別人的行為時。

- 子どもたちも、「お父さん、がんばって」と言ってくれました。
  孩子們也對我說了：「爸爸，加油喔！」

- 子どもが生まれたとき、みんな喜んでくれました。
  孩子出生了以後，大家都很為我高興。

- 結婚を申し込んだら承知してくれました。
  我一求婚，她就答應了。

> **ノート**
> 此時給予人是主語，而接受人是說話人，或說話人一方的人。給予人大多是與接受人地位、年齡同等的同輩，或是晚輩。

2 「〜てくださる」是尊敬說法。

【動詞連用形】＋てくださる。表示他人為我，或為我方的人做前項有益的事。是「〜てくれる」的尊敬說法。

- 部長、その資料を貸してくださいませんか。
  部長，您方便借我那份資料嗎？

- 先生は、間違えたところを直してくださいました。
  老師幫我修正了錯的地方。

> **ノート**
> 此時給予人的身份、地位、年齡要比接受人高。

〜てはいけない

ポイント

1 表示禁止。可譯作「不准…」、「不許…」、「不要…」。

根據某種規則或一般的道德，不能做前項。

---

1 表示禁止。

【動詞連用形】＋てはいけない。基於某種理由、規則，直接跟聽話人表示不能做前項事情。也常用在交通標誌、禁止標誌或衣服上洗滌表示等。

- ここに駐車してはいけない。
  不許在此停車。

- 「見てはいけない」と言われると、余計見たくなる。
  一旦被叮嚀「不可以看」，反而更想看是怎麼回事了。

- 今日中にこれを終わらせなくてはいけません。
  今天以內非得完成這個不可。

- このボタンには、ぜったい触ってはいけない。
  這個按鍵絕對不可觸摸。

- 子どもはもう寝なくてはいけません。
  這時間小孩子再不睡就不行了。

ノート

由於說法直接，所以一般限於用在上司對部下，長輩對晚輩。

ノート

「〜なくてはいけない」為雙重否定用法，可譯作「不准不…」、「必須…」。

〜てみる

ポイント ①

1 表示試探性的行為或動作。可譯作「試著（做）…」。

一般是肯定的說法。

---

1 **表示試探性的行為或動作。**

【動詞連用形】＋てみる。表示嘗試著做前接的事項，是一種試探性的行為或動作，一般是肯定的說法。

- このおでんを食べてみてください。
  請嚐看看這個關東煮。

- 最近話題になっている本を読んでみました。
  我看了最近熱門話題的書。

- 姉に、知っているかどうか聞いてみた。
  我問了姊姊她到底知不知道那件事。

- 台湾の苦茶を試してみたら、やっぱり苦かったです。
  嘗試喝了台灣的苦茶以後，味道果然非常苦。

- その男は、「人を殺してみたかった」と言っているそうです。
  那個男人好像在說：「我真想嚐嚐殺人的滋味。」

ノート

其中的「みる」是由「見る」延伸而來的抽象用法，常用平假名書寫。

〜でも

ポイント ①

1 表示舉出代表性例子。

2 表示舉出極端例子。可譯作「就連…也」。

---

1 表示舉出代表性例子。

【體言】＋でも。用於舉例。表示雖然含有其他的選擇，但還是舉出一個具代表性的例子。

- 子どもにピアノでも習わせたい。
  至少想讓孩子學個鋼琴之類的樂器。

- お帰りなさい。お茶でも飲みますか。
  你回來了。要不要喝杯茶？

- 危ないからやめなさい。けがでもしたらどうするの。
  太危險了，快住手！萬一受傷了可怎麼辦好呢？

2 表示舉出極端例子。

先舉出一個極端的例子，再表示其他情況當然是一樣的。

- 日本人でも読めない漢字があります。
  就連日本人，也都會有不會唸的漢字。

- お正月でも仕事が忙しい。
  即便是年假期間，工作還是很忙。

～ても、でも

ポイント ①

1 假定逆接表現。可譯作「即使…也」。

2 常搭配「たとえ」等副詞使用。

1 假定逆接表現。

【動詞・形容詞連用形】＋ても；【體言；形容動詞詞幹】＋でも。表示後項的成立，不受前項的約束。

ノート

後項常用各種意志表現的説法。

- 社会が厳しくても、私はがんばります。
  即使社會嚴苛我也會努力。

- そこは、交通が不便でも、行く価値があると思います。
  那地方雖然交通不便，但我認為還是值得一訪。

- 雨が降ってもやりが降っても、必ず行く。
  哪怕是下雨還是下刀子，我都一定會去！

2 常搭配「たとえ」等副詞使用。

表示假定的事情時，常跟「たとえ、どんなに、もし、万が一」等副詞一起使用。

ノート

「雨が降ってもやりが降っても」為慣用用法，表示「不管發生任何事…」。

- たとえ失敗しても後悔はしません。
  即使失敗也不後悔。

- どんなに父が反対しても、彼と結婚します。
  無論父親如何反對，我還是要和他結婚。

〜てやる

ポイント ①

1 表示施恩。

2 表示憤怒或不服氣的心情。

---

1 **表示施恩。**

【動詞連用形】＋てやる。表示以施恩或給予利益的心情，為下級或晚輩（或動、植物）做有益的事。

- 息子の8歳の誕生日に、自転車を買ってやるつもりです。

  我打算在兒子八歲生日的時候，買一輛腳踏車送他。

- 毎日、犬を散歩させてやります。

  每天都要他牽狗去散步。

- 自転車を直してやるから、持ってきなさい。

  我幫你修腳踏車，去騎過來吧！

2 **表示憤怒或不服氣的心情。**

由於說話人的憤怒、憎恨或不服氣等心情，而做讓對方有些困擾的事，或說話人展現積極意志時使用。

- こんなブラック企業、いつでも辞めてやる。

  這麼黑心的企業，我隨時都可以辭職走人！

- 見ていろ。今に私が世界を動かしてやる。

  你看好了！我會闖出一番主導世界潮流的大事業給你瞧瞧！

ノート

基本句型是「給予人は（が）接受人に（を／の）動詞てやる」。接受人後面助詞的使用，必須配合後項的動詞。

ノート

「ブラック企業」為最近的熱門單字，意為剝削員工的公司（若指販賣黑心商品的公司則不會使用這個字）。

〜と

ポイント

1 表示條件。可譯作「一…就」。

2 表示繼起。可譯作「一…就」。

1 表示條件。

【用言終止形；體言だ】＋と。陳述人和事物的一般條件關係。常用在機械的使用方法、說明路線、自然的現象及一直有的習慣等情況。

・ このボタンを押すと、切符が出てきます。
　一按這個按鈕，票就出來了。

・ 台湾に来ると、いつも夜市に行きます。
　每回來到台灣，總會去逛夜市。

・ 働かないと、生活するお金に困ります。
　如果不工作，就沒錢過活了。

・ もう起きないと、学校に遅れますよ。
　再不起床，上學就要遲到了喔。

2 表示繼起。

【動詞辭書形；動詞連用形＋ている】＋と。表示前項如果成立，就會發生後項的事情，或是說話者因此有了新的發現。

・ 家に帰ると、電気がついていました。
　回到家，發現電燈是開著的。

ノート
「と」前面要接現在普通形。

ノート
在表示自然現象跟反覆的習慣時，不能使用表示說話人的意志、請求、命令、許可等語句。

〜という

ポイント ①

1 表示名稱。可譯作「叫做…」。

2 表示傳聞等內容的敘述。

---

1 表示名稱。

【用言終止形；體言】＋という。前面接名詞，表示後項的人名、地名等名稱。

- 今朝、半沢という人から電話がかかって来ました。
  今天早上，有個叫半澤的人打了電話來。

- 最近、堺照之という俳優は人気があります。
  最近有位名叫堺照之的演員很受歡迎。

- 天野さんの生まれた町は、岩手県の久慈市というところでした。
  天野小姐的出身地是在岩手縣一個叫作久慈市的地方。

2 表示傳聞等內容的敘述。

針對傳聞、評價、報導、事件等內容加以描述或說明。

- 兄夫婦に子どもが生まれたという知らせが来ました。
  哥哥和大嫂通知我他們生小孩了。

- 今年は暖冬だろうという予報です。
  氣象預報說今年應該是個暖冬。

～なくてはいけない

ポイント ①

1 表示義務和責任。可譯作「必須…」。

2 文法比較：「～なければならない」也表示義務。可譯作「必須…」、「應該…」。

1 **表示義務和責任。**

【動詞未然形】＋なくてはいけない。多用在個別的事情，或對某個人。口氣比較強硬，所以一般用在上對下，或同輩之間。也可表達說話者自己的決心。

- 明日は試験で７時に起きなくてはいけない。
  明天要考試，七點不起床就來不及了。

- 約束は守らなくてはいけません。
  答應人家的事一定要遵守才行。

- 車を運転するときは、周りに十分気をつけなくてはいけない。
  開車的時候，一定要非常小心四周的狀況才行。

2 **「～なければならない」也表示義務。**

【動詞未然形】＋なければならない。表示無論是自己或對方，從社會常識或事情的性質來看，不那樣做就不合理，有義務要那樣做。

- 寮には夜１１時までに帰らなければならない。
  得在晚上11點以前回到宿舍才行。

- ９時半までに空港に着かなければなりません。
  9點半以前要抵達機場才行。

ノート

「なくては」的口語縮約形為「なくちゃ」。有時只說「なくちゃ」，並將後面省略掉。如例句１的口語說法可用「明日は試験だから７時に起きなくちゃ」。

ノート

「なければ」的口語縮約形為「なきゃ」。有時只說「なきゃ」，並將後面省略掉。

〜なくてもいい

ポイント ①

1 表示沒必要做前面動作。可譯作「不…也行」、「用不著…也可以」。

2 文法比較：「〜なくてもかまわない」可譯作「不…也行」。

---

1 **表示沒有必要做前面的動作。**

【動詞未然形】＋なくてもいい。　表示允許不必做某一行為，也就是沒有必要，或沒有義務做前面的動作。

- **明日から夏休みなので、学校に行かなくてもいいです。**

  從明天開始放暑假，所以不用再去學校了。

- **7番のバスで行けば、乗り換えなくてもいいです。**

  只要搭七號巴士去，就不必中途換車了。

- **レポートは今日出さなくてもいいですか。**

  今天可以不用交報告嗎？

2 **「〜なくてもかまわない」表示不做某事也行。**

【動詞未然形】＋なくてもかまわない。與「〜なくてもいい」用法相同，表示不做前項動作也沒關係。

- **都合が悪かったら、来なくてもかまいません。**

  不方便的話，用不著來也沒關係。

- **あと 15 分ありますから、急がなくても大丈夫ですよ。**

  時間還有十五分鐘，不必趕著去也沒關係喔。

ノート

「〜なくともよい」是語氣較生硬的用法。

ノート

「かまわない」也可換成「大丈夫」等表示「沒關係」的詞。

～なら

ポイント ①

1 表示假定條件。可譯作「要是…的話」。

2 表示舉出一個事物列為話題，再進行說明。

3 用「のなら」表示依對方發話內容進行發言。

N4

1 表示假定條件。

【動詞・形容詞終止形；形容動詞詞幹；體言】＋なら。
表示接受了對方所說的事情、狀態、情況後，說話人提出了意見、勸告、意志、請求等。

- 泣きたいなら、好きなだけ泣け。
  如果想哭的話，儘管哭個夠吧！

- 私があなたなら、きっとそうする。
  假如我是你的話，一定會那樣做的！

- そんなに嫌いなら、やめたらいい。
  要是那麼討厭的話，就不要做了。

2 表示舉出一個事物列為話題，再進行說明。

- 野球なら、あのチームが一番強い。
  棒球的話，那一隊最強了。

3 用「のなら」表示依對方發話內容進行發言。

以對方發話內容為前提進行發言時，常會在前面「なら」加「の」。「の」較草率，口語的說法為「ん」。

- そんなに痛いんなら、なんで今まで言わなかったの。
  要是真的那麼痛，為什麼拖到現在才說呢？

ノート
前面多接體
言。

～にする

ポイント ①

1 表示抉擇。可譯作「決定…」、「叫…」。

---

1 表示抉擇。

【體言；副助詞】＋にする。表示決定、選定某事物。

- この黒いオーバーにします。
  我要這件黑大衣。

- 女の子が生まれたら、名前は桜子にしよう。
  如果生的是女孩，名字就叫櫻子吧！

- 今までの生活は終わりにして、新しい人生を始めようと思う。
  我打算結束目前的生活，展開另一段全新的人生。

- 私が妻にしたいのは、君だけだ。
  我想娶的人，只有妳一個！

- 今は仕事が楽しいし、結婚するのはもう少ししてからにします。
  我現在還在享受工作的樂趣，結婚的事等過一陣子再說吧。

ノート
常用於購物或點餐時，決定買某樣商品。

ノート
此處「楽しい」後面的「し」表示暗示還有其他理由。請參考本書第 74 頁。

～の

ポイント

1 表示發問。可譯作「…嗎」。

以升調表示發問，是一種口語用法。

1 表示發問。

【句子】＋の。用在句尾，以升調表示發問，一般是用在對兒童，或關係比較親密的人。

ノート
是口語用法。

▪ そのかっこうで出かけるの？
你要穿那樣出去嗎？

▪ この写真はどこで撮ったの？
這張照片在哪裡拍的呀？

▪ あなた。この背広の口紅は何なの？
老公！這件西裝上的口紅印是怎麼回事？

▪ ゆうべはあんなにお酒を飲んだのに、どうして
そんなに元気なの？
昨天晚上你分明喝了那麼多酒，為什麼今天還能那麼精神奕奕呢？

▪ どうしたの？具合悪いの？
怎麼了？身體不舒服嗎？

〜のだ

ポイント ①

1 表示客觀地對話題的對象、狀況進行說明。

2 表示主張。

---

1 表示客觀地對話題的對象、狀況進行說明。

【用言連體形】＋のだ。表示客觀地對話題的對象、狀況進行說明，或請求對方針對某些理由說明情況。

- 私は、実は宇宙人なのです。
  其實，我是外星人。

- 「どうしましたか。」「おなかが痛いんです。」
  「怎麼了嗎？」「我肚子好痛。」

- 誰がやったんですか。正直に言いなさい。
  這是誰做的？快老實招認！

- きっと、泥棒に入られたんだ。
  一定是遭小偷了啊！

2 表示主張。

表示說話者強調個人的主張或決心。

- ずいぶん迷ったけれど、これでよかったのだ。
  我雖然考慮了很久，還是決定這樣做就好。

ノート

一般用在發生了不尋常的情況，而說話人對此進行說明，或提出問題。

ノート

口語用「〜んだ」。

～のに

ポイント ！

1 表示逆接。可譯作「明明⋯」、「卻⋯」、「但是⋯」。

2 表示對比。

1 表示逆接。

【動詞・形容詞普通形；體言；形容動詞な】＋のに。表示後項結果違反前項的期待，含有說話者驚訝、懷疑、不滿、惋惜等語氣。

- これ、便利なのに使わないんですか。
  這東西很方便，為什麼不用呢？

- 私がこんなに愛しているのに、あなたは私を捨てるんですか。
  我是如此深愛著你，而你竟然要拋棄我嗎？

- せっかくがんばって勉強したのに、試験の日に熱を出した。
  枉費我那麼努力用功，沒想到在考試當天居然發燒了。

2 表示對比。

表示前項和後項呈現對比的關係。

- お姉さんはやせているのに妹は太っている。
  姊姊很瘦，但是妹妹卻很胖。

- この店は、おいしくないのに値段は高い。
  這家店明明就不好吃卻很貴。

〜のに

ポイント

1 表示目的、用途。

2 後接助詞「は」時，常會省略掉「の」。

---

1 表示目的、用途。

【動詞連體形】＋のに。是「動詞連體形做謂語的名詞修飾短句＋の」，加上助詞「に」而來的。

- これはレモンを搾るのに便利です。
  用這個來榨檸檬汁很方便。

- 中国語を知っていると、日本語を勉強するのに役に立ちます。
  如果懂得中文，對於學習日文很有幫助。

- このナイフは、栗をむくのに使います。
  這把刀是用來剝栗子的。

- この小説を書くのに5年かかりました。
  花了5年的時間寫這本小說。

2 後接助詞「は」時，常會省略掉「の」。

- 部長を説得するには実績が必要です。
  要説服部長就需要有實際的功績。

ノート

相當於「〜ため（に）」，請參考本書第82頁。

～の（は／が／を）

ポイント ①

1 表示強調。可譯作「的是…」。

2 短句名詞化用法。

1 **表示強調。**

以「短句＋のは」的形式表示強調，而想強調句子裡的某一部分，就放在「の」的後面。

- 昨日ビールを飲んだのは花子です。
  昨天喝啤酒的是花子。

- 昨日花子が飲んだのはビールです。
  昨天花子喝的是啤酒。

2 **短句名詞化用法。**

前接短句，使其名詞化，成為句子的主語或目的語。

- 妻が、私がほかの女と旅行に行ったのを怒っています。
  我太太在生氣我和別的女人出去旅行的事。

- 妻は何も言いませんが、目を見れば怒っているのが分かります。
  我太太雖然什麼都沒說，可是只要看她的眼神就知道她在生氣。

- ほかの女と旅行に行ったのは１回だけなのに、怒りすぎだと思います。
  我只不過帶其他女人出去旅行一次而已，她氣成這樣未免太小題大作了。

〜ばかり

ポイント

1 表示數量、次數之多。可譯作「淨…」、「光…」。

2 表示說話人對同樣的狀態有負面評價。可譯作「總是…」、「老是…」。

---

1 表示數量、次數之多。

【體言】＋ばかり。表示數量、次數非常的多。

- アルバイトばかりしていないで、勉強もしなさい。
  別光打工，也要唸書！

- 漫画ばかりで、本は全然読みません。
  光看漫畫，完全不看書。

- 朝起きてから夜寝るまで、あの人のことばかり考えています。
  從早上起床到晚上睡覺，我滿腦子都在想他。

2 表示說話人對同樣的狀態有負面評價。

【動詞て形】＋ばかり。表示說話人對不斷重複一樣的事，或一直都是同樣的狀態，有負面的評價。

- 寝てばかりいないで、手伝ってよ。
  別老是睡懶覺，過來幫忙啦！

- 大学を出てからも、働かないで遊んでばかりいる。
  就算大學畢業以後，也沒去工作，成天遊手好閒。

ノート
說話人對這件事常有負面評價。

〜はずだ

ポイント ①

1 表示推論。可譯作「（按理說）應該…」。

2 表示得到充分理由而信服。可譯作「怪不得…」。

3 文法比較：「〜はずがない」可譯作「不可能…」。

1 表示說話人的推論。

【用言連體形；體言の】＋はずだ。表示說話人根據事實、理論或自己擁有的知識來推測出結果。

ノート

主觀色彩強，是較有把握的推斷。

- **昨日かばんに入れたはずなのに、見つからない。**
  我記得昨天應該放到提包裡了，卻找不到。

- **金曜日の３時ですか。大丈夫なはずです。**
  星期五的三點嗎？應該沒問題。

- **今ごろ、下田さんは名古屋に着いているはずだ。**
  現在這時間，下田小姐應該已經抵達名古屋了。

2 表示得到充分理由而信服。

表示說話人對原本不可理解的事物，在得知其充分的理由後，而感到信服。

- **彼は弁護士だったのか。道理で法律に詳しいはずだ。**
  他是律師啊。怪不得很懂法律。

3「〜はずがない」表「不可能…」之意。

【用言連體形】＋はずが（は）ない。表示說話人根據事實、理論或自己擁有的知識，來推論某一事物不可能實現。

- **人形の髪が伸びるはずがない。**
  娃娃的頭髮不可能變長。

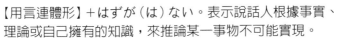

～までに

ポイント ①

1 表示動作的截止期限。可譯作「在…之前」、「到…時候為止」。

2 文法比較：「～まで」表示動作在某時間點前都持續著。

---

1 **表示動作的截止期限。**

【體言；動詞連體形】＋までに。接在表示時間的名詞後面，表示動作或事情的截止日期或期限。

- 卒業までに好きな人に気持ちを伝えたい。
  我希望在畢業之前向喜歡的人告白。

- これ、何時までにやればいいですか。
  這件事，在幾點之前完成就可以呢？

- 先生が来るまでに返すから、宿題を写させてよ。
  老師進來之前一定會還給你的，習題借我抄嘛！

2 **「～まで」表示動作在某時間點前都持續著。** 補充

不同於「までに」，用「まで」表示某事件或動作，直在某時間點前都持續著。

- 昨日は日曜日で、お昼まで寝ていました。
  昨天是星期日，所以睡到了中午。

- あなたがあの人のことを忘れるまで、私はいつまでも待っています。
  直到妳忘了那個人為止，我會永遠等著妳。

ノート

までに→動作要在前接的這個期限以前完成。

まえに→用「AまえにB」表示B發生在A之前。客觀描述前後的關係。請參考本書第41頁。

～まま

ポイント ①

1 表示附帶狀況。可譯作「…著」。

1 **表示附帶狀況。**

【用言連體形；體言の】＋まま。表示一個動作或作用的結果，在這個狀態還持續時，進行了後項的動作，或發生了後項的事態。

ノート

接動詞多用過去式。

- テレビをつけたまま寝てしまった。

  開著電視就睡著了。

- あとは僕がやるから、そのままでいいよ。

  剩下的由我做就行，你擺著就好。

- そのときアルキメデスは、風呂から裸のまま外に飛び出したそうです。

  據說，阿基米德那時候是赤身裸體從浴室衝了出去的。

- 日本酒は冷たいままで飲むのが好きだ。

  我喜歡喝冰的日本清酒。

- 新車を買った。きれいなままにしておきたいから、乗らない。

  我買了新車。因為想讓車子永遠保持閃亮亮的，所以不開出去。

ノート

「アルキメデス」譯名為阿基米德，是古希臘精通多項知識的物理學家。他曾在泡澡時發現了浮力原理而想出如何辨別皇冠是否純金，興奮地裸身衝出浴室，是歷史上相當有名的故事。

～やすい

ポイント ①

1 表示該行為很容易做，或性質上易有某傾向。可譯作「容易…」、「好…」。

---

1 **表示該行為很容易做，或性質上易有某傾向。**

【動詞連用形】＋やすい。表示該行為、動作很容易做，該事情很容易發生，或容易發生某種變化，亦或是性質上很容易有那樣的傾向。

- 木綿の下着は洗いやすい。
  棉質內衣容易清洗。

- この辞書はとても引きやすいです。
  這本辭典查起來很方便。

- 季節の変わり目は風邪をひきやすい。
  每逢季節交替的時候，就很容易感冒。

- これはガラスで割れやすいですから、丁寧に扱ってください。
  這是玻璃製品，很容易破損，使用時請小心。

- 兄が宿題を分かりやすく教えてくれました。
  哥哥用簡單明瞭的方法教了我習題。

ノート

與「～にくい」相對。

ノート

「やすい」的活用跟「い形容詞」一樣。

～ようだ

ポイント ①

1 表示比喩。可譯作「像…一樣的」、「如…似的」。

2 表示推測。可譯作「好像…」。

1 表示比喩。

【用言連體形；體言の】＋ようだ。把事物的狀態、形狀、性質及動作狀態，比喩成一個不同的其他事物。

「ようだ」的活用跟形容動詞一樣。

- まるで盆と正月が一緒に来たような騒ぎでした。
  簡直像中元和過年全兜在一塊似的，大夥盡情地喧鬧。

- ここから見ると、家も車もおもちゃのようです。
  從這裡看下去，房子和車子都好像玩具一樣。

- 毎日ロボットのように働くのはもういやだ。
  每天都像個機器人般工作，再也受不了了！

2 表示推測。

【用言連體形・體言の】＋ようだ。用在說話人從各種情況，來推測人或事物是後項的情況。

這一推測是說話人的想像，是主觀的、根據不足的。口語時常用「みたいだ」。

- 電気がついています。花子はまだ勉強しているようです。
  電燈是開著的。看來花子好像還在用功的樣子。

- 公務員になるのは、難しいようです。
  要成為公務員好像很難。

（よ）うと思う

ポイント ①

1 表示說話人意圖。可譯作「我想…」、「我要…」。

2 「（よ）うと思っている」表示某段時間持有的打算。

3 「（よ）うとは思わない」表示強烈否定。

---

1 **表示說話人的打算或意圖。**

【動詞意向形】＋（よ）うと思う。表示說話人告訴聽話人，說話當時自己的想法。

- 友達の誕生日に何かプレゼントをあげようと思う。
  我準備送個生日禮物給朋友。

- 夫に毎日殴られるので、別れようと思う。
  我幾乎天天都被丈夫家暴，因此想要和他離婚。

2 **「（よ）うと思っている」表示某段時間持有的打算。**

表示說話人在某一段時間持有的打算。

- 柔道を習おうと思っている。
  我想學柔道。

- 今年、Ｎ４の試験を受けようと思っていたが、やっぱり来年にする。
  我原本打算今年參加Ｎ４的測驗，想想還是明年再考。

3 **「（よ）うとは思わない」表示強烈否定。**

- 動詞の活用が難しいので、これ以上日本語を勉強しようとは思いません。
  動詞的運用非常困難，所以我不打算再繼續學日文了。

ノート
「（よ）うと思う」→具有採取某種行動的意志，且動作實現的可能性很高。「たいと思います」→只表希望，不管意志是否強烈。

ノート
「殴られる」為「殴る」的被動態，用法請參考本書第109頁。

（ら）れる（被動）

ポイント ①

1 表示直接被動。可譯作「被…」。

2 表示客觀的事實描述。

3 表示間接被動。

1 表示直接被動。

【一段動詞・カ變動詞未然形】＋られる；【五段動詞未然形；サ變動詞未然形さ】＋れる。表示某人直接承受到別人的動作。

- 先生にはほめられたけれど、クラスのみんなには嫌われた。
  雖然得到了老師的稱讚，卻被班上的同學討厭了。

- このままで済むと思うな。やられたらやり返す。倍返しだ。
  別以為這樣可以沒事！人若犯我，我必加倍奉還！

2 表示客觀的事實描述。

表示社會活動等普遍為大家知道的事，是種事實的描述。

- 試験は2月に行われます。
  考試將在2月舉行。

3 表示間接被動。

由於某人的行為，天氣等自然現象的作用，而間接受到麻煩。

- 妻に別れたいと言ったら、泣かれて困った。
  我向妻子要求離婚之後她哭了，害我不知如何是好。

- 学校に行く途中で、雨に降られました。
  去學校途中，被雨淋濕了。

MEMO

N3
頻出文法を完全マスター

〜一方だ

ポイント ①

1 表示狀況朝某個方向發展。可譯作「一直…」、「不斷地…」、「越來越…」。

2 多用於消極的、不利的傾向。

---

1 表示狀況朝某個方向發展。

【動詞連體形】＋一方だ。表示某狀況一直朝著一個方向不斷發展，沒有停止。

- 岩崎の予想以上の活躍ぶりに、周囲の期待も高まる一方だ。

  岩崎出色的表現超乎預期，使得周圍人們對他的期望也愈來愈高。

2 多用於消極的、不利的傾向。

- このごろこの辺りは犯罪が多いので、住民の不安は広がる一方だ。

  由於近來這附近發生了很多犯罪案件，居民的恐懼感亦隨之逐漸攀升。

- 事態は悪化する一方だったが、ようやく好転の兆しが見えてきた。

  儘管事態愈趨惡化，但終於看到了出現好轉的一線曙光。

- 子どもの学力が低下する一方なのは、問題です。

  小孩的學習力不斷地下降，真是個問題。

- 最近、オイル価格は、上がる一方だ。

  最近油價不斷地上揚。

ノート

意思近於「〜ばかりだ」。

〜うちに

ポイント

1 於前項狀態持續的期間，做後項動作。可譯作「趁…」、「在…之內…」。

2 「〜ているうちに」後項接自然發生的變化。

1 於前項狀態持續的期間，做後面的動作。

【體言の：用言連體形】＋うちに。表示在前面的環境、狀態持續的期間，做後面的動作。

- 暗くならないうちに帰りなさいよ。
  趁天還沒黑前，趕快回家啦！

- お姉ちゃんが帰ってこないうちに、お姉ちゃんの分もおやつ食べちゃおう。
  趁姊姊還沒回來之前，把姊姊的那份點心也偷偷吃掉吧！

- 勉強はできるうちにしておくことだ。大人になってから後悔しないようにね。
  讀書要趁腦筋還靈光的時候趕快用功，以免長大以後就後悔莫及囉！

- 昼間は暑いから、朝のうちに散歩に行った。
  白天很熱，所以趁早去散步。

2 「〜ているうちに」後項接自然發生的變化。

後項並非說話者意志，而大都接自然發生的變化。

- いじめられた経験を話しているうちに、涙が出てきた。
  在敘述被霸凌的經驗時，流下了眼淚。

ノート

相當於「〜（している）間に」。

grammar
03

〜おかげで、おかげだ

ポイント ①

1 表示原因，特別是受到某種恩惠。可譯作「多
虧…」、「托您的福」、「因為…」等。

2 帶有諷刺的意味。可譯作「由於…的緣故」。

---

1 **表示原因，特別是受到某種恩惠。**

【體言の；用言連體形】＋おかげで、おかげだ。由於受
到某種恩惠，導致後面好的結果。常帶有感謝的語氣。

與「から」、
「ので」作用
相似，但感情
色彩更濃。

• 街灯のおかげで夜でも安心して道を歩けます。
　　有了街燈，夜晚才能安心的走在路上。

• 私達が食べていけるのもお客さまのおかげです。
　　我們能夠繼續享用美食，都是託了客戶的福。

• 就職できたのは、山本先生が推薦状を書いてく
ださったおかげです。
　　能夠順利找到工作，一切多虧山本老師幫忙寫的推薦函。

• 私が好きなことをしていられるのも、君が支え
ていてくれるおかげだよ。
　　我之所以能夠盡情去做想做的事，該歸功於有你的支
持呀！

2 **帶有諷刺的意味。**

後句如果是消極的結果時，一般帶有諷刺的意味。

相當於「〜の
せいで」。

• 君が余計なことを言ってくれたおかげで、ひど
い目にあったよ。
　　感謝你的多嘴，害我被整得慘兮兮的啦！

〜恐れがある

ポイント ①

1. 表示有發生某種消極事件的可能性。可譯作「恐怕會…」、「有…危險」。

2. 常用在新聞報導或天氣預報中。

1 表示有發生某種消極事件的可能性。

【體言の；用言連體形】＋恐れがある。表示有發生某種消極事件的可能性。只限於用在不利的事件。

- この調子では、今週中に終わらない恐れがあります。

  照這樣子看來，恐怕本週內沒辦法完成。

- すぐに手術しないと、手遅れになる恐れがあります。

  假如不立刻動手術，恐怕救不回來了。

- 立地は良いけど、駅前なので、夜間でも騒がしい恐れがある。

  雖然座落地點很棒，但是位於車站前方，恐怕入夜後仍會有吵嚷的噪音。

2 常用在新聞報導或天氣預報中。

- 台風のため、午後から高潮の恐れがあります。

  因為颱風，下午恐怕會有大浪。

- この地震による津波の恐れはありません。

  這場地震將不會引發海嘯。

ノート

相當於「〜心配がある」。

〜かけ（の）、かける

ポイント ①

1 表示動作已開始的途中。可譯作「剛…」、「開始…」。

2 前接瞬間動詞時，表示面臨某事的當前狀態。

3 表示向某人作某行為。可譯作「對…」等。

---

1 表示動作已開始的途中。

【動詞連用形】＋かけ（の）、かける。表示動作，行為已經開始，正在進行途中，但還沒有結束。

- 何？言<ruby>い<rt>なに</rt></ruby>かけてやめないでよ。
  什麼啦？話才說了一半，別這樣吊胃口呀！

- メールを書<ruby>か<rt>か</rt></ruby>きかけたとき、電話<ruby>でんわ<rt></rt></ruby>が鳴<ruby>な<rt></rt></ruby>った。
  才剛寫電子郵件，電話鈴聲就響了。

- やりかけている人<ruby>ひと<rt></rt></ruby>は、ちょっと手<ruby>て<rt></rt></ruby>を止<ruby>と<rt></rt></ruby>めてください。
  正在做的人，請先停下來。

相當於「〜している途中」。

2 前接瞬間動詞時，表示面臨某事的當前狀態。

- お父<ruby>とう<rt></rt></ruby>さんのことを死<ruby>し<rt></rt></ruby>にかけの病人<ruby>びょうにん<rt></rt></ruby>なんて、よくもそんなひどいことを。
  竟然把我爸爸說成是快死掉的病人，這種講法太過分了！

其他瞬間動詞如「止まる（停止）、立つ（站起來）」等。

3 表示向某人作某行為。

- 堀田君<ruby>ほったくん<rt></rt></ruby>のことが好<ruby>す<rt></rt></ruby>きだけれど、告白<ruby>こくはく<rt></rt></ruby>はもちろん話<ruby>はな<rt></rt></ruby>しかけることもできない。
  我雖然喜歡堀田，但別說是告白了，就連和他交談都不敢。

「呼びかける、笑いかける」等也屬於此用法。

～がちだ、がちの

ポイント ①

1 表示容易出現某種傾向。可譯作「容易…」、「往往會…」、「比較多」。

2 「遠慮がち」為慣用表現。

1 **表示容易出現某種傾向。**

【體言；動詞連用形】＋がちだ、がちの。表示即使是無意的，也容易出現某種傾向，或是常會這樣做。

- 結婚生活も長くなると、つい相手への感謝を忘れがちになる。

  結婚久了，很容易就忘了向對方表達謝意。

- おまえは、いつも病気がちだなあ。

  你還真容易生病呀！

- 主人は出張が多くて留守にしがちです。

  我先生常出差不在家。

- 現代人は寝不足になりがちだ。

  現代人具有睡眠不足的傾向。

2 **「遠慮がち」為慣用表現。**

- 彼女は遠慮がちに「失礼ですが村主さんですか。」と声をかけてきた。

  她小心翼翼地問了聲：「不好意思，請問是村主先生嗎？」

ノート
相當於「～の傾向がある」。

ノート
一般多用在消極、負面評價的動作。

ノート
「遠慮」為「客氣；行事時會顧慮他人心情」之意。

117

〜からには

ポイント ①

1 表示貫徹到底。可譯作「既然…」、「既然…，就…」。

2 表示以前項為前提，後項事態也就理所當然。

---

1 表示貫徹到底。

【用言終止形】＋からには、からは。表示既然到了這種情況，後面就要「貫徹到底」的說法。

- これを食べられたからには、もう死んでもいい。
  能夠吃到這樣的美饌，死而無憾了。

- 妻となったからは、病めるときも健やかなるときもあなたを愛します。
  既然成為妻子，無論是生病或健康，我將永遠愛你。

- 教師になったからには、生徒一人一人をしっかり育てたい。
  既然當了老師，當然就想要把學生一個個都確實教好。

2 表示以前項為前提，後項事態也就理所當然。

- こうなったからは、しかたがない。私一人でもやる。
  事到如今，沒辦法了。就算只剩下我一個也會做完。

- コンクールに出るからには、毎日練習しなければだめですよ。
  既然要參加競演會，不每天練習是不行的。

ノート

後句常表示說話人的判斷、決心及命令等。一般用於書面上。
相當於「〜のなら、〜以上は」。

ノート

「病めるとき」、「健やかなるとき」為古典文法，但現今仍很常在結婚宣誓時使用。

〜かわりに

ポイント ①

❶ 表示代替。可譯作「代替…」。

❷ 也可用「名詞＋がわりに」的形式。

❸ 表示前項為後項的交換條件。

❶ 表示代替。

【用言連體形；體言の】＋かわりに。表示由另外的人、物或動作來代替。意含原為前項，但因某種原因由後項代替。

- おふろに入るかわりにシャワーで済ませた。

  沒有泡澡，只用淋浴的方式洗了澡。

- 今度は電話のかわりにメールで連絡を取った。

  這次不打電話，改用電子郵件取得聯絡。

相當於「〜の代理 / 代替として」。

❷ 也可用「名詞＋がわりに」的形式。

- こちら、つまらないものですがほんのご挨拶がわりです。

  這裡有份小東西，不成敬意，就當是個見面禮。

❸ 表示前項為後項的交換條件。

表示前項為後項的交換條件。有時也會用「〜、かわりに〜」的形式出現。

- 人気を失ったかわりに、静かな生活が戻ってきた。

  雖然不再受歡迎，但換回了平靜的生活。

- 卵焼きあげるから、かわりにウインナーちょうだい。

  我把炒蛋給你吃，然後你把小熱狗給我作為交換。

相當於「〜とひきかえに」。

～きり（／～っきり）

> ## ポイント ①
>
> **1** 表示限定。可譯作「只有…」。
>
> **2** 表示不做別的事。可譯作「全心全意地…」。
>
> **3** 表示自此以後，便未發生某事態。可譯作「自從…就一直…」。

1 表示限定。

【體言】＋きり。接在名詞後面，表示限定。也就是只有這些的範圍，除此之外沒有其它。

- **夫を亡くして以来、一人きりで住んでいる。**
  自從外子過世以後，我就獨自一人住在這裡。

- **子どもが独立して、夫婦二人きりの生活が始まった。**
  小孩都獨立了，夫妻兩人的生活開始了。

ノート

相當於「～だけ」、「～しか～ない」等意。

2 表示不做別的事，全心全意做某件事。

【動詞連用形】＋きり。表示不做別的事， 一直做這一件事。

- **妻は子どもにかかりきりで、僕の世話は何もしてくれない。**
  太太只管全心全意照顧小孩，對我根本不聞不問。

- **難病にかかった娘を付ききりで看病した。**
  全心全意地照顧罹患難治之症的女兒。

3 表示自此以後，便未發生某事態。

【動詞過去式：これ／それ／あれ】＋きり。後面常接否定。

- **橋本とは、あれっきりだ。生きているのかどうかさえ分からない。**
  我和橋本從那次以後就沒再見過面了。就連他是死是活都不曉得。

ノート

此句「あれ」代替原句省略掉的「会っていない」等。

～切る、切れる、切れない

ポイント

1 表示行為、動作做到完結、竭盡、堅持到最後。可譯作「…完」；「完全」、「到極限」。

2 表示「充分…」、「堅決…」之意。

1 **表示行為、動作做到完結、竭盡、堅持到最後。**

【動詞連用形】＋切る、切れる、切れない。表示行為、動作做到完結、竭盡、堅持到最後，或是程度達到極限。

- すみません。そちらはもう売り切れました。
  不好意思，那項商品已經銷售一空了。

- マラソンを最後まで走り切れるかどうかは、あなたの体力次第です。
  是否能跑完全程的馬拉松，端看你的體力。

- そんなにたくさん食べ切れないよ。
  我沒辦法吃那麼多啦！

2 **表示「充分…」、「堅決…」之意。**

表示擁有充分實現某行為或動作的自信。

- 「あの人とは何もなかったって言い切れるの？」「ああ、もちろんだ。」
  「你敢發誓和那個人毫無曖昧嗎？」「是啊，當然敢啊！」

- 犯人は分かりきっている。小原だ。でも、証拠がない。
  我已經知道兇手是誰了——是小原幹的！但是，我沒有證據。

ノート

相當於「終わりまで～する」；「十分に～する」。

〜くらい（だ）、ぐらい（だ）

ポイント ①

1 舉出具體事例來說明極端的程度。可譯作「幾乎…」、「簡直…」、「甚至…」等。

2 表示要達成某事易如反掌。

---

1 **舉出具體事例來說明極端的程度。**

【用言連體形】＋くらい（だ）、ぐらい（だ）。用在為了進一步說明前句的動作或狀態的程度，舉出具體事例來。

ノート

相當於「〜ほど」。

- 同じ空気を吸いたくないくらい嫌いだ。
  我討厭他，連和他呼吸同一個空間裡的空氣都不願意。

- 田中さんは美人になって、本当にびっくりするくらいでした。
  田中小姐變得那麼漂亮，簡直叫人大吃一驚。

- マラソンのコースを走り終わったら、疲れて一歩も歩けないくらいだった。
  跑完馬拉松全程，精疲力竭到幾乎一步也踏不出去。

2 **表示要達成某事易如反掌。**

說話者舉出微不足道的事例，表示要達成此事易如反掌。

- 中学の数学ぐらい、教えられるよ。
  只不過是中學程度的數學，我可以教你啊。

- 君がこの会社にいられないようにすることぐらい、私には簡単なんだよ。
  要讓你再也無法在這家公司裡待下去，這點小事對我來講易如反掌！

～こそ

ポイント ①

1 表示強調。可譯作「正是…」、「才（是）…」。

2 「～てこそ」表示後項成立條件為前項。

---

1 表示強調。

【體言】＋こそ。表示特別強調某事物。

- 今度こそ試合に勝ちたい。
  這次比賽一定要贏！

- ときには、死を選ぶより生きることこそつらい。
  有時候，與其選擇死，反而是選擇活下去比較痛苦。

2「～てこそ」表示後項成立條件為前項。

【動詞連用形】＋てこそ。表示只有當具備前項條件時，後面的事態才會成立。

- 誤りを認めてこそ、立派な指導者と言える。
  唯有承認自己的錯，才叫了不起的領導者。

- 苦しいときを乗り越えてこそ、幸せの味が分かるのだ。
  唯有熬過艱困的時刻，更能體會到幸福的滋味喔。

- あなたがいてこそ、私が生きる意味があるんです。
  只有你陪在我身旁，我才有活著的意義。

～ことか

ポイント ①

1 表示事態程度很大。可譯作「多麼…啊」等。

2 也可用「～ことだろうか、ことでしょうか」
表示感歎事態程度很大。

---

1 表示該事態的程度如此之大。

【疑問詞】＋【用言連體形】＋ことか。表示該事態的程度如此之大，大到沒辦法特定。含有非常感慨的心情。

- とうとう子どもができた。何年待ち望んでいた
  ことか。

  終於有孩子了！不曉得等了多少年才總算盼到了這一天！

- あの人の妻になれたら、どれほど幸せなことか。

  如果能夠成為那個人的妻子，不知道該是多麼幸福呢。

- ついに勝った。どれだけうれしいことか。

  終於贏了！真不知道該怎麼形容心中的狂喜！

2「～ことだろうか、ことでしょうか」也可表示感歎。

- 子どものときには、お正月をどんなに喜んだこ
  とでしょうか。

  小時候，每逢過年，真不曉得有多麼開心呀。

- 彼はなんと立派な青年になったことだろうか。

  他變得多年青有為啊！

ノート

常用於書面。
相當於「非常
に～だ」。

ノート

前面常接疑問
詞「どんな
に、どれだ
け、どれほ
ど」等。

ノート

常用於口語。

〜ことだ

ポイント ①

① 某行為是正確的或應當的。可譯作「就得…」、「應當…」、「最好…」等。

② 表示感慨等情感。可譯作「非常…」。

---

① 表示某行為是正確的或應當的。

【動詞連體形】+ことだ。說話人忠告對方，某行為是正確的或應當的，或某情況下將更加理想。

- **文句_{もんく}があるなら、はっきり言_いうことだ。**

相當於「〜したほうがよい」。

  如果有什麼不滿，最好要説清楚。

- **成功_{せいこう}するためには、懸命_{けんめい}に努力_{どりょく}することだ。**
  要成功，就應當竭盡全力。

- **痩_やせたいのなら、間食_{かんしょく}、夜食_{やしょく}をやめることだ。**
  如果想要瘦下來，就不能吃零食和消夜。

口語中多用在上司、長輩對部屬、晚輩。

- **済_すんだことはしかたがありません。気_きにしないことです。**
  過去的事情已無可挽回，只能別在意了。

② 表示感慨等情感。

【形容詞・形容動詞連體形】+ことだ。表示說話人對於某事態有種感動、驚訝等的語氣。

- **孫_{まご}の結婚式_{けっこんしき}に出_でられるなんて、本当_{ほんとう}にうれしいことだ。**
  能夠參加孫子的婚禮，這事真教人高興哪！

〜ことになっている、こととなっている

ポイント ①

1 表示規定、慣例。可譯作「按規定…」、「預定…」、「將…」。

2 文法比較：「〜ことにしている」表示某種習慣或規矩。

---

1 表示規定、慣例。

【動詞連體形】＋ことになっている、こととなっている。
表示客觀做出某種安排，像是約定或約束人們生活行為的各種規定、法律以及一些慣例。

▪ うちの会社は、ネクタイはしなくてもいいことになっている。
　根據我們公司的規定，不繫領帶也沒關係。

▪ 社長はお約束のある方としかお会いしないこととなっております。
　董事長的原則是只和事先約好的貴賓見面。

▪ 隊長が来るまで、ここに留まることになっています。
　按規定要留在這裡，一直到隊長來。

▪ 会議は 10 時からということになっていましたが、11 時に変更します。
　會議雖然原訂從十點開始舉行，但現在要改到十一點。

2 「〜ことにしている」表示某種習慣或規矩。

【動詞連體形】＋ことにしている。 表示個人根據某種決心，而形成的某種習慣、方針或規矩。

▪ 借金の連帯保証人にだけはならないことにしている。
　唯獨當借款的連帶保證人這件事，我絕對不做。

「ている」表示結果或定論等的存續。

翻譯上可以比較靈活。

～ことはない

ポイント ①

1 表示沒有做某行為的必要。可譯作「用不著…」。

2 否定的強調。可譯作「不是…」、「並非…」。

3 表示以往沒有過的經驗，或從未有的狀態。

1 表示鼓勵或勸告別人，沒有做某行為的必要。

【動詞連體形】＋ことはない。

- 部長の評価なんて、気にすることはありません。
  用不著去在意部長的評價。

- 人がちょっと言い間違えたからって、そんなに笑うことないでしょう。
  人家只不過是不小心講錯話而已，何必笑成那樣前仰後合的呢？

2 否定的強調。

- 失恋したからってそう落ち込むな。この世の終わりということはない。
  只不過是區區失戀，別那麼沮喪啦！又不是世界末日來了。

3 表示以往沒有過的經驗，或從未有的狀態。

【動詞過去式；形容詞・形容動詞連體形・過去式】＋ことはない。

- 日本に行ったことはないが、日本人の友達は何人かいる。
  我雖然沒去過日本，但有幾個日本朋友。

- 親友だと思っていた人に恋人を取られた。あんなに苦しかったことはない。
  我被一個原以為是姊妹淘的好友給搶走男朋友了。我從不曾嘗過那麼痛苦的事。

ノート
相當於「～する必要はない」。

ノート
口語中可將「ことはない」的「は」省略。

～さえ、でさえ、とさえ

ポイント

1 除了舉出的例子，其他不必提。可譯作「連…」等。

2 表示比目前狀況更加嚴重的程度。

---

1 表示除了舉出的例子，其他不必提。

【體言】＋さえ、でさえ、とさえ。【動詞連用形】＋さえ。
【動詞て形】＋でさえ。【動詞意向形】＋とさえ。

- 息子は大学に行かないばかりでなく、自分の部屋から出ようとさえしない。
  我兒子不但沒去上學，甚至不肯離開自己的房間。

- 私でさえ、あの人の言葉にはだまされました。
  就連我也被他的話給騙了。

- 眠ることさえできないほど、ひどい騒音だった。
  噪音大到連睡都沒辦法睡！

2 表示比目前狀況更加嚴重的程度。

- 電気もガスも、水道さえ止まった。
  包括電氣、瓦斯，就連自來水也全都沒供應了。

- 子育てはたいへんで、ときには泣く子を殺したいとさえ思った。
  帶小孩真的很累，遇上小孩哭鬧不休的時候甚至想要殺了他。

ノート

相當於「～すら、～でも、～も」。

さえ～ば、さえ～たら

ポイント

1 表示只需要某限度的條件，後項即可成立。可譯作「只要…（就）…」。

2 表達說話人後悔、惋惜等心情的語氣。

---

1 表示只需要某限度的條件，後項即可成立。

【體言】＋さえ＋【用言假定形】＋ば、たら。強調只需要某個最低，或唯一的條件，後項就可以成立了。

- 手続きさえすれば、誰でも入学できます。
  只要辦手續，任何人都能入學。

- 金さえあれば、何でも手に入る。人の心さえ買える。
  只要有錢，要什麼有什麼，就連人心也可以買得到。

- 隆志ときたら、暇さえあればスマホをいじっている。
  説到隆志那傢伙呀，只要一有空就猛玩智慧手機。

- 君の歌さえよかったら、すぐでもコンクールに出場できるよ。
  只要你歌唱得好，馬上就能參加試唱會！

2 表達說話人後悔、惋惜等心情的語氣。

- 私があんなことさえ言わなければ、妻は出て行かなかっただろう。
  要是我當初沒説那種話，想必妻子也不至於離家出走吧。

ノート
相當於「～その条件だけあれば」。

〜しかない

ポイント ①

1 表示唯一可行的選擇。可譯作「只能…」、「只好…」、「只有…」。

2 文法比較：「〜ほかない」表示心裡不願意，但別無選擇。

---

1 表示唯一可行的選擇。

【動詞連體形】＋しかない。表示只有這唯一可行的，沒有別的選擇，或沒有其它的可能性。

- 知事になるには、選挙で勝つしかない。
  要當上知事，就只有打贏選戰了。

- うちには私立大学に行く金はないから、国立に受かるしかない。
  我家沒錢讓我去上私立大學，所以我一定要考上國立的學校。

- こうなったら、やるしかない。
  事到如此，我只能咬牙做了。

- あの人には既に奥様がいたので、あきらめるしかなかったんです。
  那個人已經有妻室了，所以也只能對他死心了。

ノート
用法比「ほかない」還要廣。
相當於「〜だけだ」。

ノート
特別留意「受かる」跟「受ける」差別，前者意指「通過考試」，後者指「參加考試」。

2 「〜ほかない」表示不願意，但別無選擇。 補充

【動詞連體形】＋ほかない、ほかはない。表示雖然心裡不願意，但又沒有其他方法，只有這唯一的選擇，別無他法。

- 誰も助けてくれないので、自分で何とかするほかない。
  因為沒有人可以伸出援手，只好自己想辦法了。

ノート
相當於「〜以外にない」、「〜より仕方がない」等。

～せいか

ポイント ①

1 表示不確定的原因。可譯作「可能是（因為）…」、「或許是（由於）…的緣故吧」。

2 文法比較：「～せいで、せいだ」可譯作「由於…」、「都怪…」。

---

1 表示不確定的原因或理由。

【用言連體形；體言の】＋せいか。表示說話人雖無法斷言，但認為也許是因為前項的關係，而產生後項結果。

• 気のせいか、須藤さんはこのごろ元気がないようだ。
  不知是否是我多慮了，須藤小姐最近好像無精打采的。

• これはとてもおいしいのだが、ちょっと高いせいか、あまり売れない。
  這東西非常好吃，但可能是因為價格有點貴，所以賣況不太好。

• 日本の漢字に慣れたせいか、繁体字が書けなくなった。
  可能是因為已經習慣寫日本的漢字，結果變成不會寫繁體字了。

2 「～せいで、せいだ」表示某種壞結果的導因。

【用言連體形；體言の】＋せいで、せいだ。指出發生壞事或導致某種不利情況的原因，及責任的所在。

• あなたのせいで、ひどい目に遭いました。
  都怪你，我才會這麼倒霉。

• 何度やってもうまくいかないのは、企画自体がめちゃくちゃなせいだ。
  不管試了多少次都不成功，全應歸咎於企劃案本身雜亂無章。

ノート
後面通常是負面結果。

ノート
相當於「～ためか」。

ノート
「せいで」是「せいだ」的中頓形式。

ノート
相當於「～が原因だ、～ため」。

〜だけ（で）

ポイント ①

1 表示別無其它。可譯作「只是⋯」、「只不過⋯」。

2 表示不管有沒有實際體驗，都可以感受到。「只要⋯就⋯」的意思。

---

1 **表示別無其它。**

【用言連體形：體言】＋だけ（で）。 表示除此之外，別無其它。

- 一般の山道よりちょっと険しいだけで、大した ことはないですよ。

  只不過比一般的山路稍微險峻一些而已，沒什麼大不 了的啦！

- 高田はもてるが、ちょっと顔がいいだけで、誠 実じゃない。

  高田雖然很吃得開，但只不過是長相俊俏一些，人品 一點都不誠實。

- 後藤は口だけで、実行はしない男だ。

  後藤是個舌燦蓮花，卻光說不練的男人。

2 **表示不管有沒有實際體驗，都可以感受到。**

- 彼女と温泉なんて、想像するだけでうれしくなる。

  跟她去洗溫泉，光想就叫人高興了！

- あなたがいてくれるだけで、私は幸せなんです。

  只要有你陪在身旁，我就很幸福了。

〜たとたん（に）

ポイント ①

1 表示前項事態完成瞬間，發生了後項的動作或變化。可譯作「剛…就…」、「剎那就…」等。

1 **表示前項事態完成瞬間，發生了後項的動作或變化。**

【動詞過去式】＋とたん（に）。表示前項動作和變化完成的一瞬間，發生了後項的動作和變化。由於說話人當場看到後項的動作和變化，因此伴有意外的語感。

- **発車したとたんに、タイヤがパンクした。**
  才剛發車，輪胎就爆胎了。

- **二人は、出会ったとたんに恋に落ちた。**
  兩人一見鍾情。

- **4月になったとたん、春の大雪が降った。**
  四月一到，突然就下了好大一場春雪。

- **受話器を置いたとたんに、また電話が鳴り出した。**
  才剛剛把聽筒擺回去，電話又響了。

- **彼女は結婚したとたんに、態度が豹変した。**
  她一結了婚，態度就陡然驟變。

ノート

相當於「〜したら、その瞬間に」。

〜たび（に）

ポイント ①

1 表示前項的動作往往伴隨後項。可譯作「每次…就…」、「每當…就…」等。

2 表示每當進行前項，後項事態也有變化。

---

1 **表示前項的動作往往伴隨後項。**

【動詞連體形；體言の】＋たび（に）。表示前項的動作、行為都伴隨後項。

ノート
相當於「〜するときはいつも」。

- デートのたびに高級な店に行っていたのでは、いくらあっても足りない。

  要是每次約會都上高級餐館，不管有多少錢都不夠花用。

- 健康診断のたびに、血圧が高いから塩分を控えなさいと言われる。

  每次接受健康檢查時，醫生都說我血壓太高，要減少鹽分的攝取。

- あの人のことを思い出すたびに泣いてくる。

  每回一想起他，就忍不住掉淚。

- 口を開くたび、彼は余計なことを言う。

  他只要一開口，就會多說不該說的話。

2 **表示每當進行前項，後項事態也早變化。**

表示每當進行前項動作，後項事態也朝某個方向逐漸變化。

- 姉の子どもに会うたび、大きくなっていてびっくりしてしまう。

  每回見到姊姊的小孩時，總是很驚訝怎麼長得那麼快。

～ついでに

grammar **24**

N3-24

ポイント ①

1 表示做主要行為的同時，順便做某項附加動作。
可譯作「順便…」、「順手…」、「就便…」。

N3

1 表示做主要行為的同時，順便做某項附加動作。

【動詞連體形；體言の】＋ついでに。表示做某一主要的
事情的同時，再追加順便做其他件事情。

- 犬の散歩のついでにポストに郵便を出してきた。
  牽狗出門散步時順便去郵筒寄了郵件。

- ごみを出すついでに新聞を取ってきた。
  倒垃圾時順便去拿了報紙。

- 東京出張のついでに埼玉の実家にも寄ってきた。
  利用到東京出差時，順便也繞去位在埼玉的老家探望。

- 先生のお見舞いのついでに、デパートで買い物
  をした。
  到醫院去探望老師，順便到百貨公司買東西。

- 売店に行くなら、ついでにプログラムを買って
  きてよ。
  要到販售處的話，順便幫我買節目冊。

ノート
相當於「～の
機会を利用し
て、～ をす
る」。

ノート
後者通常是附
加行為，輕而
易舉的小事
情。

～て（で）たまらない

ポイント

1 表示說話人處於難以抑制，不能忍受的狀態。可譯作「非常…」、「…得受不了」等。

2 重複前項以強調語氣。

---

1 表示說話人處於難以抑制，不能忍受的狀態。

【形容詞・動詞連用形】＋てたまらない；【形容動詞詞幹】＋でたまらない。前接表示感覺、感情的詞，表示說話人強烈的感情、感覺、慾望等。

- 暑いなあ。のどが渇いてたまらない。
  好熱喔！喉嚨快要渴死了。

- 息子の就職のことが心配でたまらなかったが、ようやく決まった。
  我一直非常擔心兒子找不到工作，總算被錄用了。

- 名作だと言うから読んでみたら、退屈でたまらなかった。
  説是名作，看了之後，覺得無聊透頂了。

- 最新のコンピューターが欲しくてたまらない。
  想要新型的電腦，想要得不得了。

2 重複前項以強調語氣。

- あの人のことが憎くて憎くてたまらない。
  我對他恨之入骨。

ノート

相當於「～てしかたがない、～非常に」。

〜て（で）ならない

ポイント ①

1 表示某種感情達到沒辦法控制的程度。可譯作「…得受不了」、「非常…」。

2 「〜てならない」可接非意志控制的自發性動詞。

1 **表示某種感情達到沒辦法控制的程度。**

【形容詞・動詞連用形；體言；形容動詞詞幹】＋て（で）ならない。表示因某種感受十分強烈，達到沒辦法控制的程度。

- あのとき買っておけば３倍の値段で売れたのに、<ruby>残念<rt>ざんねん</rt></ruby>でならない。
  要是那時候買下來，之後就能用三倍的價格賣掉了，實在教人懊悔不已。

- だまされて、お<ruby>金<rt>かね</rt></ruby>をとられたので、<ruby>悔<rt>くや</rt></ruby>しくてならない。
  因為被詐騙而被騙走了錢，真讓我悔恨不已。

2 **「〜てならない」可接非意志控制的自發性動詞。**

不同於「〜てたまらない」，「〜てならない」前面可以接「思える、泣ける、気になる」等非意志控制的自發性動詞。

- <ruby>日本<rt>にっぽん</rt></ruby>はこのままではだめになると<ruby>思<rt>おも</rt></ruby>えてならない。
  實在不由得讓人擔心日本再這樣下去恐怕要完蛋了。

- <ruby>主人公<rt>しゅじんこう</rt></ruby>がかわいそうで、<ruby>泣<rt>な</rt></ruby>けてならなかった。
  主角太可憐了，讓人沒法不為他流淚。

- <ruby>彼女<rt>かのじょ</rt></ruby>のことが<ruby>気<rt>き</rt></ruby>になってならない。
  十分在意她。

ノート

相當於「〜てしょうがない」，但「〜てしょうがない」較為口語，用法請參考本書第187頁。

〜というより

ポイント ①

1 表示後項對前項的修正、補充。可譯作「與其說…，還不如說…」。

---

1 表示後項對前項的修正、補充。

【體言；用言終止形】＋というより。表示在相比較的情況下，後項的說法比前項更恰當。後項是對前項的修正、補充。

- これは絵本だけれど、子ども向けというより大人向けだ。

  這雖是一本圖畫書，但與其説是給兒童看的，其實更適合大人閱讀。

- 「今日は暖かいですね。」「暖かいというより暑いぐらいですよ。」

  「今天天氣很暖和呀。」「説是暖和，根本已經到炎熱的程度了吧。」

- 彼女は、きれいというよりかわいいですね。

  與其説她漂亮，其實可愛更為貼切唷。

- 彼は、さわやかというよりただのスポーツ馬鹿です。

  與其説他讓人感覺爽朗，説穿了也只是個運動狂而已。

- 彼は、経済観念があるというより、けちなんだと思います。

  與其説他有經濟觀念，倒不如説是小氣。

〜とすれば、としたら、とする

ポイント ①

1 根據現況等前提條件下，來進行判斷。可譯作「如果…」、「如果…的話」、「假如…的話」等。

1 **根據現況等前提條件下，來進行判斷。**

【用言終止形；體言だ】＋とすれば、としたら、とする。
在認清現況或得來的信息的前提條件下，據此條件進行判斷。

ノート

相 當 於「〜
と 仮 定 し た
ら」。

- _{かれ}彼が_{はんにん}犯人だとすれば、_{どうき}動機は_{なん}何だろう。
  假如他是凶手的話，那麼動機是什麼呢？

- _{かわだだいがく}川田大学でも_{むずか}難しいとしたら、_{やまもとだいがく}山本大学なんて_{とうぜんむり}当然無理だ。
  既然川田大學都不太有機會考上了，那麼山本大學當然更不可能了。

- _{しかく}資格を_と取るとしたら、_{かんごし}看護師の_{めんきょ}免許をとりたい。
  要拿執照的話，我想拿看護執照。

- _{むじんとう}無人島に_{ひと}一つだけ_{なに}何か_も持っていけるとする。_{なに}何を_も持っていくか。
  假設你只能帶一件物品去無人島，你會帶什麼東西呢？

- 3_{おくえん}億円が_あ当たったとします。あなたはどうしますか。
  假如你中了3億日圓，你會怎麼花？

～とともに

ポイント ①

1 表後項跟前項同時進行。可譯作「與…同時，也…」。

2 表示後項變化隨著前項一同變化。可譯作「隨著…」。

3 表示「和…一起」之意。

---

1 表示後項動作跟著前項同時進行或發生。

【體言：動詞終止形】＋とともに。表示後項的動作或變化，跟著前項同時進行或發生。

・仕事をするとお金が得られるとともに、たくさんのことを学ぶことができる。
　工作得到報酬的同時，也學到很多事情。

・雷の音とともに、大粒の雨が降ってきた。
　隨著打雷聲，落下了豆大的雨滴。

2 表示後項變化隨著前項一同變化。

・電子メールの普及とともに、手で手紙を書く人は減ってきました。
　隨著電子郵件的普及，親手寫信的人愈來愈少了。

・生活が豊かになるとともに、太りすぎの人が増えてきました。
　隨著生活的富裕，體重過胖的人也愈來愈多了。

3 表示「和…一起」之意。

・バレンタインデーは彼女とともに過ごしたい。
　情人節那天我想和女朋友一起度過。

ノート

相當於「～と一緒に」、「～と同時に」。

ノート

相當於「～と一緒に」。

～ないこともない、ないことはない

ポイント

1 表示並非全面肯定，而有那樣的可能性。可譯作「並不是不…」、「不是不…」。

2 後接表示確認的語氣時，為「應該不會不…」之意。

---

1 **有所保留的消極肯定說法。**

【用言未然形】＋ないこともない、ないことはない。使用雙重否定，表示雖然不是全面肯定，但也有那樣的可能性。

- やろうと^{おも}思えばやれないことはないが、^{とく}特にやる^{ひつよう}必要も^{かん}感じないし。

  假如真的有心想做也不是不能做，只是覺得好像沒什麼必要。

- すしは^た食べないこともないが、あまり^す好きじゃないんだ。

  我並不是不吃壽司，只是不怎麼喜歡。

- そういうことでしたら、お^{かね}金を^か貸さないこともないですが。

  如果是那種情況的話，也不是不能借你錢。

- ^{りゆう}理由があるなら、^{がいしゅつ}外出を^{きょか}許可しないこともない。

  如果有理由，並不是不允許外出的。

2 **後接表示確認的語氣時，為「應該不會不…」之意。**

- ^{ちゅうがく}中学で^{なら}習うことですよ。^し知らないことはないでしょう。

  在中學裡學過了呀？總不至於不曉得吧？

ノート

相當於「～することはする」。

〜なんか、なんて

ポイント ①

1 表示從事物中例一舉。可譯作「…之類的」等。

2 表示輕視語氣。

3 文法比較：「なんか〜ない」表「連…都不…」之意。

---

1 表示從事物中例一舉。

【體言】＋なんか。表示從各種事物中例舉其一。

- 桃色なんかはるちゃんに似合うんじゃないか。
  粉紅色之類的不是很適合小春嗎？

- データなんかは揃っているのですが、原稿にまとめる時間がありません。
  雖然資料之類的全都蒐集到了，但沒時間彙整成一篇稿子。

2 表示對所提到的事物，帶有輕視的態度。

【體言（だ）；用言終止形】＋なんて。

- アイドルに騒ぐなんて、全然理解できません。
  看大家瘋迷偶像的舉動，我完全無法理解。

- いい年して、嫌いだからって無視するなんて、子どもみたいですね。
  都已經是這麼大歲數的人了，只因為不喜歡就當做視而不見，實在太孩子氣了耶！

3 「なんか〜ない」表「連…都不…」之意。

- 時間がないから、旅行なんかめったにできない。
  沒什麼時間，連旅遊也很少去。

> **ノート**
>
> 是比「など」還隨便的說法。

～に決まっている

ポイント ①

1 表示說話人有自信的推測。可譯作「肯定是
…」、「一定是…」等。

2 表示理所當然。

1 **表示說話人有自信的推測。**

【體言；用言連體形】＋に決まっている。表示說話人根
據事物的規律，覺得一定是這樣，不會例外，充滿自信的
推測。

- そんなうまい話はうそに決まっているだろう。
  那種好事想也知道是騙局呀！

- 1時間でラーメンを10杯食べるなんて無理に決
  まっている。
  一小時內要吃完十碗拉麵，怎麼可能辦得到。

- 全然勉強していないんだから、合格できないに
  決まっている。
  因為他根本就沒用功讀書，當然不可能及格。

2 **表示理所當然。**

表示說話人根據社會常識，認為理所當然的事。

- こんな時間に電話をかけたら、迷惑に決まって
  いる。
  要是在這麼晚的時間撥電話過去，想必會打擾對方的
  作息。

- みんないっしょのほうが、安心に決まっています。
  大家在一起，肯定是比較安心的。

〜に対して（は）、に対し、に対する

ポイント ①

1 表示動作施予的對象。可譯作「向…」、「對（於）…」。

2 表示對立。

---

1 表示動作施予的對象。

【體言】＋に対して（は）、 に対し、 に対する。表示動作、感情施予的對象。

- たとえ家族が殺されても、犯人に対して死刑を望まない人もいる。
  也有人即使自己的家人遭到殺害，依然不希望將凶手處以死刑。

- お客様に対しては、常に神様と思って接しなさい。
  面對顧客時，必須始終秉持顧客至上的心態。

- 皆さんに対し、お詫びを申し上げなければならない。
  我得向大家致歉。

- 息子は、音楽に対する興味が人一倍強いです。
  兒子對音樂的興趣非常濃厚。

2 表示對立。

表示相較於某個事態，有另一種不同的情況。

- 私が真剣な気持ちで告白したのに対して、彼女は冷たく笑った。
  我雖然很認真地向她表白，她卻只冷冷地笑了笑。

ノート

有時候可以置換成「に」。

〜に違いない

1 表示肯定的判斷。可譯作「一定是…」、「准是…」。

1 **表示肯定的判斷。**

【體言；形容動詞詞幹；動詞・形容詞連體形】＋に違いない。表示說話人根據經驗或直覺，做出非常肯定的判斷。

ノート

相當於「きっと〜だ」。

- この問題を解く方法は、きっとあるに違いない。
  肯定有解決這個問題的方法，絕對錯不了。

- 彼女はかわいくてやさしいから、もてるに違いない。
  她既可愛又溫柔，想必一定很受大家的喜愛。

- あの店はいつも行列ができているから、おいしいに違いない。
  那家店總是大排長龍，想必一定好吃。

- お母さんが料理研究家なのだから、彼女も料理が上手に違いない。
  既然她的母親是烹飪專家，想必她的廚藝也很精湛。

- あの煙は、仲間からの合図に違いない。
  那道煙霧，肯定是朋友發出的暗號。

〜につれ（て）

ポイント ①

1 表示後項跟隨前項相應進展。可譯作「伴隨…」、「隨著…」、「越…越…」等。

---

1 **表示後項跟隨前項相應進展。**

【動詞連體形：體言】＋につれ（て）。表示隨著前項的進展，同時後項也隨之發生相應的進展。

ノート

與「〜にした
がって」等相
同。

- 時がたつにつれ、あの日のことは夢だったような気がしてきた。

  隨著時日一久，那天的事彷彿就像一場夢境。

- 年齢が上がるにつれて、体力も低下していく。

  隨著年齡增加，體力也逐漸變差。

- 話が進むにつれ、登場人物が増えて込み入ってきた。

  隨著故事的進展，出場人物愈來愈多，情節也變得錯綜複雜了。

- 物価の上昇につれて、国民の生活は苦しくなりました。

  隨著物價的上揚，國民的生活就越來越困苦了。

- 子どもが成長するにつれて、親子の会話の頻度が少なくなる。

  隨著孩子的成長，親子之間的對話頻率越來越低。

〜にとって（は／も／の）

1 表示依前項立場，對後項判斷或評價。可譯作
「對於…來說」。

1 **表示依前項立場，對後項判斷或評價。**

【體言】＋にとって（は／も／の）。表示站在前面接的
那個詞的立場，來進行後面的判斷或評價。

- 今は苦しくても、この経験は君の将来にとって
  きっと大きな財産になる。

  即便現在感到痛苦，但這個經驗必將成為寶貴的資產，
  對你的未來極有助益。

- 私にとっての昭和とは、第二次世界大戦と戦後
  復興の時代です。

  對我而言的昭和時代，也就是第二次世界大戰與戰後
  復興的那個時代。

- 老人にとって、階段は上りより下りの方が大変
  です。

  對老年人來説，下樓梯比上樓梯更為辛苦。

- たった1,000円でも、子どもにとっては大金です。

  雖然只有一千日圓，但對孩子而言可是個大數字。

- みんなにとっても、今回の旅行は忘れられない
  ものになったことでしょう。

  想必對各位而言，這趟旅程一定也永生難忘吧！

～に伴って、に伴い、に伴う

ポイント

❶ 表示隨著前項事物的變化而進展。中文意思是：「伴隨著…」、「隨著…」等。

---

❶ 表示隨著前項事物的變化而進展。

【體言；動詞連體形】＋に伴って、に伴い、に伴う。表示隨著前項事物的變化而進展。

- 円高に伴う輸出入の増減について調べました。
  調查了當日圓升值時，對於進出口額增減造成的影響。

- 携帯電話の普及に伴って、公衆電話が減っている。
  隨著行動電話的普及，公用電話的設置逐漸減少。

- 台風の北上に伴い、風雨が強くなってきた。
  隨著颱風行徑路線的北移，風雨將逐漸增強。

- 牧畜業が盛んになるに伴って、村は豊かになった。
  伴隨著畜牧業的興盛，村子也繁榮起來了。

- 人口が増えるに伴い、食糧問題が深刻になってきた。
  隨著人口的增加，糧食問題也越來越嚴重了。

ノート

相當於「～とともに、～につれて」。

～によって（は）、により

N3-38

ポイント ①

1 表示事態的原因或手段。可譯作:「因為…」;「根據…」。

2 表示創作物等由某人而成立。可譯作:「由…」。

3 表示後項依照前項有所調整。可譯作:「依照…」等。

N3

1 表示事態的原因或手段。

【體言】+によって(は)、 により。表示事態的因果關係，或其所依據的方法、方式、手段。

- 地震により、500人以上の貴い命が奪われました。
  這一場地震，奪走了超過五百條寶貴的生命。

- 住民投票によって、新しい原発を建設するかどうか決める。
  根據當地居民的投票，將決定是否要在這裡興建一座新的核能發電廠。

2 表示創作物等由某人而成立。

某個結果或創作物等是因為某人的行為或動作而造成、成立的。

- 『源氏物語』は紫式部によって書かれた傑作です。
  《源氏物語》是由紫式部撰寫的一部傑作。

3 表示後項會依照前項有所調整。

表示後項結果會對應前項事態的不同而有所變動或調整。

- 価値観は人によって違う。
  價值觀因人而異。

- 条件によっては、協力しないこともない。
  依照開出的條件，也不是不能提供協助。

ノート
「～により」大多用於書面。

ノート
「原発」為「原子力発電所(げんしりょくはつでんしょ)」之簡稱。

ノート
後面常接動詞被動態。

149

〜ば〜ほど

ポイント ①

1 表示後項隨著前項事物的變化而變化。可譯作「越…越…」。

2 接形容動詞時，用「形容動詞＋なら（ば）〜ほど」的形式。

---

1 表示後項隨著前項事物的變化而變化。

【動詞・形容詞假定形】＋ば＋【同動詞・形容詞連體形】＋ほど。同一單詞重複使用，表示隨著前項事物的變化，後項也隨之相應地發生變化。

- 「いつ、式を挙げる？」「早ければ早いほどいいな。」

  「什麼時候舉行婚禮？」「愈快愈好啊。」

- 聞けば聞くほど分からなくなってきた。つまり、どっちなんだ？

  愈聽愈把我給弄糊塗了。簡單講，到底是哪一種？

- 話せば話すほど、お互いを理解できる。

  雙方越聊越能理解彼此。

- 宝石は、高価であればあるほど買いたくなる。

  寶石越昂貴越想買。

2 接形容動詞時，用「形容動詞＋なら（ば）〜ほど」。

- 仕事は丁寧なら丁寧なほどいいってもんじゃないよ。速さも大切だ。

  工作不是做得愈仔細就愈好喔，速度也很重要！

ノート
此處的「式を挙げる」為「結婚式を挙げる」之意。

ノート
其中「ば」可省略。

〜ばかりか、ばかりでなく

ポイント ①

1 表示除前項之外，還有後項的情況。可譯作「豈止…，連…也…」、「不僅…而且…」。

1 **表示除前項之外，還有後項的情況。**

【體言；用言連體形】＋ばかりか、ばかりでなく。表示除了前項的情況之外，還有後項的情況。

- せきと鼻水が止まらないばかりか、熱まで出て寝込んでしまいました。

  非但不停咳嗽和流鼻水，甚至還發燒臥床了。

- 仕事もせずに酒を飲むばかりか、奥さんに暴力をふるうことさえある。

  不但沒去工作只成天喝酒，甚至還會對太太動粗。

- 何だこの作文は。字が雑なばかりでなく、内容もめちゃくちゃだ。

  這篇作文簡直是鬼畫符呀！不但筆跡潦草，內容也亂七八糟的。

- 彼は、勉強ばかりでなくスポーツも得意だ。

  他不光只會唸書，就連運動也很行。

- 隣のレストランは、量が少ないばかりか、大しておいしくもない。

  隔壁餐廳的菜餚不只份量少，而且也不大好吃。

語意跟「〜だけでなく〜も〜」相同。

後項也常會出現「も、さえ」等詞。

〜はもちろん、はもとより

ポイント ①

1 表示前項不說，就連程度較高的後項也不例外。
可譯作「不僅…而且…」、「…不用說，…也…」。

2 「〜はもとより」為生硬表現。

---

1 表示前項不說，就連程度較高的後項也不例外。

【體言】＋はもちろん、はもとより。表示一般程度的前項自然不用說，就連程度較高的後項也不例外。

- この辺りは、昼間はもちろん夜も人であふれています。

  這一帶別說是白天，就連夜裡也是人聲鼎沸。

- 仕事についてはもちろん、生き方にまで役立つヒントがいっぱいの本だ。

  這本書不單對工作很有助益，就連對人生方面也有許多非常有用的啟示。

- アイドルの Kansai Boys は、女性にはもちろん男性にも人気があります。

  偶像團體 Kansai Boys 不但擁有廣大的女性歌迷，也很受到男性群眾的喜愛。

2 「〜はもとより」為生硬表現。

「〜はもとより」是比「〜はもちろん」還生硬的表現。

- 楊さんは、英語はもとより日本語もできます。

  楊小姐不只會英語，也會日語。

- 生地はもとより、デザインもとてもすてきです。

  布料好自不待言，就連設計也很棒。

ノート

相當於「〜は言うまでもなく〜（も）」。

〜ほど

ポイント ！

１ 表示後項隨前項變化而變化。可譯作「越…越…」。

２ 以具體例子比喻某程度的動作或狀態。可譯作
「…得」、「…得令人」。

---

１ 表示後項隨前項變化而變化。

【體言；用言連體形】＋ほど。表示後項隨著前項的變化，
而產生變化。

- やっぱり世の中は、美人ほど得だ。
  在社會上畢竟還是美女比較吃香。

- 不思議なほど、興味がわくというものです。
  很不可思議的，對它的興趣竟然油然而生。

２ 以具體例子比喻某程度的動作或狀態。

用在比喻或舉出具體的例子，來表示動作或狀態處於某種
程度。

- 心の中で思っていた人に告白されて、涙が出る
  ほどうれしかった。
  心儀的對象向我告白，讓我高興得差點哭了。

- 足が痛くて痛くて、切り落としてしまいたいほ
  どなんです。
  腳好痛好痛，簡直想把腳剁掉。

- この本はおもしろいほどよく売れる。
  這本書熱賣到令人驚奇的程度。

〜までには

❶ 表示某個動作完成的期限。可譯作「…之前」、「…為止」。

---

❶ 表示某個動作完成的期限。

【體言；動詞辭書形】＋までには。前面接和時間有關的名詞，或是動詞，表示某個截止日、某個動作完成的期限。

- 地震のＰ波が来てからＳ波が来るまでには、少しの時間がある。

  從地震的Ｐ波先抵達，至Ｓ波稍後傳到，這當中有一點點間隔的時間。

- 結論が出るまでにはもうしばらく時間がかかります。

  在得到結論前還需要一點時間。

- 30までには、結婚したい。

  我希望能在三十歲之前結婚。

- 金曜日までには終わらせなくちゃ。でないと、週末の旅行に行けなくなる。

  非得在星期五之前結案不可。否則，週末就不能去旅行了。

- 仕事は明日までには終わると思います。

  我想工作在明天之前就能做完。

みたい（だ）、みたいな

ポイント ①

1 表示推測。可譯作「好像…」。

2 文法比較：「～てみたい」表示欲嘗試某行為。可譯作「想要嘗試…」等。

1 表示推測。

【體言；動詞・形容詞終止形；形容動詞詞幹】＋みたい（だ）、みたいな。表示不是很確定的推測或判斷。

- （時計を落としてしまって）大丈夫みたいだ。ちゃんと動いてる。

  （手錶掉下去了）好像沒事，指針還會走。

- （横浜中華街に初めて来た観光客）うわあ、何だか日本じゃないみたい。

  （第一次來到橫濱中華街的觀光客）哇！這裡真不像日本耶！

- 台湾に行くと、お姫様みたいなドレスを着て写真が撮れるんだって。

  聽說到台灣，可以穿上像公主一般的禮服拍照喔。

ノート

後接名詞時，要用「みたいな＋名詞」。

2 「～てみたい」表示欲嘗試某行為。

【動詞連用形】＋てみたい。表示試探行為或動作的「てみる」，再加上表示希望的「たい」而來。

- 次のカラオケでは必ず歌ってみたいです。

  下次去唱卡拉 OK 時，我一定要唱看看。

- 一度、富士山に登ってみたいですね。

  真希望能夠登上一次富士山呀！

ノート

跟「みたい（だ）」的最大差別在於，此文法前面必須接「動詞て形」，且後面不得接「だ」。

〜ものか

ポイント ①

1 用於表示絕不做某事或強烈否定對方意見時。可譯作「哪能…」、「怎麼會…呢」、「決不…」、「才不…呢」。

---

1 **用於表示絕不做某事或強烈否定對方意見時。**

【用言連體形】＋ものか。句尾聲調下降。表示強烈的否定情緒，指說話人絕不做某事的決心，或是強烈否定對方的意見。

ノート
比較隨便的說法是「〜もんか」。一般男性用「ものか」，女性用「ものですか」。

- 何よ、あんな子がかわいいものですか。私の方がずっとかわいいわよ。

  什麼嘛，那種女孩哪裡可愛了？我比她可愛不知道多少倍耶！

- こんなのがジュースなもんか。ただの色水だ。

  這東西能叫做果汁嗎？只不過是有顏色的水罷了。

- いくら謝ったって、誰が許すものか。一生恨んでやる。

  任憑你再怎麼道歉，誰會原諒你啊！我一輩子都會恨你！

- 何があっても、誇りを失うものか。

  無論遇到什麼事，我決不失去我的自尊心。

- あんな銀行に、お金を預けるものか。

  我才不把錢存在那種銀行裡呢！

〜ものだから

ポイント ①

1 表示原因、理由。可譯作「就是因為…，所以…」。

---

1 表示原因、理由。

【用言連體形】＋ものだから。常用在因為事態的程度很厲害，因此做了某事。結果是消極的。

- 君があんまりかわいいものだから、ついいじめたくなっちゃったんだ。

  都是因為你長得太可愛了，所以人家才會忍不住想欺負你。

- お待たせしてすみません。電車が事故で止まってしまったものですから。

  對不起，讓您久等了。我遲到是因為電車發生事故而停駛了。

- パソコンが壊れたものだから、レポートが書けなかった。

  由於電腦壞掉了，所以沒辦法寫報告。

- 隣のテレビがやかましかったものだから、抗議に行った。

  因為隔壁的電視太吵了，所以跑去抗議。

- 値段が手ごろなものだから、ついつい買い込んでしまいました。

  因為價格便宜，忍不住就買太多了。

ノート

相當於「〜から、〜ので」。

ノート

含有對事出意料之外、不是自己願意等的理由，進行辯白。主要為口語用法。

〜ようがない、ようもない

ポイント ①

1 表示別無他法。可譯作「沒辦法」、「無法…」。

2 表示不可能。可譯作「不可能…」。

---

1 **表示別無他法。**

【動詞連用形】＋ようがない、ようもない。表示不管用什麼方法都不可能，已經沒有辦法了。

- あの人のことは、どんなに忘れたいと思っても、忘れようがない。
  無論我如何試圖忘記他，卻始終無法忘懷。

- 何てことをしたんだ。ばかとしか言いようがない。
  瞧你幹了什麼好事！只能說你是個笨蛋。

- 済んだことは、今更どうしようもない。
  過去的事，如今已無法挽回了。

- 連絡先を知らないので、知らせようがない。
  由於不知道他的聯絡方式，根本沒有辦法聯繫。

2 **表示不可能。**

表示說話人確信某事態理應不可能發生。

- スイッチを入れるだけだから、失敗のしようがない。
  只是按下按鈕而已，不可能會搞砸的。

相當於「〜ことができない」。

「〜よう」是接尾詞，表示方法。

相當於「〜はずがない」。

通常前面接的サ行變格動詞為雙漢字時，中間加不加「の」都可以。

〜ように

ポイント ①

❶ 表示為實現前項而做後項。可譯作「為了⋯而⋯」等。

❷ 表示願望或勸告等。可譯作「希望⋯」、「請⋯」等。

❸ 舉例用法。可譯作「如同⋯」。

❶ 表示為實現前項，而做後項。

【動詞連體形】＋ように。表示為了實現前項，而做後項。是行為主體的希望。

- 約束^{やくそく}を忘^{わす}れないように手帳^{てちょう}に書^かいた。
  把約定寫在了記事本上以免忘記。

❷ 表示願望或勸告等。

用在句末時，表示願望、希望、勸告或輕微的命令等。

- 明日^{あした}は駅前^{えきまえ}に8時^じに集合^{しゅうごう}です。遅^{おく}れないように。
  明天八點在車站前面集合。請各位千萬別遲到。

- （遠足^{えんそく}の前日^{ぜんじつ}）どうか明日^{あした}晴^はれますように。
  （遠足前一天）求求老天爺明天給個大晴天。

❸ 舉例用法。

【動詞連體形；體言の】＋ように。表示以具體的人事物為例來陳述某件事物的性質或內容等。

- 私^{わたし}が発音^{はつおん}するように、後^{あと}について言^いってください。
  請模仿我的發音，跟著複誦一次。

- ご存^{ぞん}じのように、来週^{らいしゅう}から営業時間^{えいぎょうじかん}が変更^{へんこう}になります。
  誠如各位所知，自下週起營業時間將有變動。

ノート
表示願望、祈求時，用「動詞ます形＋ますように」。

ように（言う）

ポイント ①

1 表示間接轉述指令、請求等。可譯作「告訴…」等。

---

1 **表示間接轉述指令、請求等。**

【動詞連體形】＋ように（言う）。表示間接轉述指令、請求等內容。

▪ あさってまでにはやってくれるようにお願いします。

　麻煩在後天之前完成這件事。

▪ 明日晴れたら海に連れて行ってくれるように父に頼みました。

　我拜託爸爸假如明天天氣晴朗的話帶我去海邊玩。

▪ 生徒が授業中騒いだので、静かにするように注意しました。

　由於學生在課堂上吵鬧，於是訓了他們要安靜聽講。

▪ 息子にちゃんと歯を磨くように言ってください。

　請告訴我兒子要好好地刷牙。

▪ 私に電話するように伝えてください。

　請告訴他要他打電話給我。

ノート

後面常接「お願いする」、「頼む」、「伝える」等動詞。

〜わけがない、わけはない

ポイント ①

1 表示不可能或沒理由成立。 可譯作「不會…」、「不可能…」。

---

1 **表示不可能或沒理由成立。**

【用言連體形】＋わけがない、わけはない。表示從道理上而言，強烈地主張不可能或沒有理由成立。

- 「あれ、この岩、金が混ざってる？」「まさか、金のわけないよ。」

  「咦？這塊岩石上面是不是有金子呀？」「怎麼可能，絕不會是黃金啦！」

- 明日までなんて、そんな無茶な。終わるわけがないよ。

  怎麼可能在明天之前完成！不可能做得完的呀！

- あの子が人殺しなんて、そんなわけはありません。

  說什麼那孩子殺了人，絕不會有那種事的！

- 無断で欠勤して良いわけがないでしょう。

  未經請假不去上班，那怎麼可以呢！

- 医学部に合格するのが簡単なわけはないですよ。

  要考上醫學系當然是很不容易的事呀！

ノート

相當於「〜はずがない」。

ノート

口語常會說成「わけない」。

〜わけだ

ポイント ①

1 表示必然的結果。可譯作「當然…」、「怪不得…」。

---

1 表示必然的結果。

【用言連體形；體言の；體言である】＋わけだ。表示按事物的發展，事實、狀況合乎邏輯地必然導致這樣的結果。

- 昭和 46 年生まれなんですか。それじゃ、1971 年生まれのわけですね。

  您是在昭和四十六年出生的呀。這麼説，也就是在一九七一年出生的囉。

- 台風が近づいているのか。道理でいやな風が吹き始めたわけだ。

  原來有颱風即將登陸，難怪開始吹起怪風了。

- 何よ。つまり、私とのことは遊びだったわけね。

  什麼嘛！換句話説，你只是和我玩玩罷了？

- 3 年間留学していたのか。道理で英語がペラペラなわけだ。

  到國外留學了 3 年啊！難怪英文那麼流利。

- 彼はうちの中にばかりいるから、顔色が青白いわけだ。

  因為他老待在家，難怪臉色蒼白。

ノート

與側重於說話人想法的「〜はずだ」相比較，「〜わけだ」傾向於由道理、邏輯所導出結論。
「〜はずだ」用法請參本書第 103 頁。

～わけにはいかない、わけにもいかない

ポイント ①

1 表示由於一般常識等約束，不能做某行為。可譯作「不能…」、「不可…」。

1 **表示由於一般常識等約束，不能做某行為。**

【動詞連體形】＋わけにはいかない、わけにもいかない。
表示由於一般常識、社會道德或過去經驗等約束，那樣做是行不通的。

 相當於「～することはできない」。

- 消費者の声を、企業は無視するわけにはいかない。
  消費者的心聲，企業不可置若罔聞。

- 赤ちゃんが夜中に泣くから、寝ているわけにもいかない。
  小寶寶半夜哭了，總不能當作沒聽到繼續睡吧。

- 「またゴルフ？」「これも仕事のうちだ。行かないわけにはいかないよ。」
  「又要去打高爾夫球了？」「這也算是工作啊，總不能不去吧。」

- 式の途中で、帰るわけにもいかない。
  不能在典禮進行途中回去。

- いくら料理が好きでも、やはりプロのようなわけにはいきません。
  即便喜歡下廚，還是沒辦法達到專業廚師的水準。

ポイント ①

1 表示結果跟前項條件不相稱。可譯作「（比較起來）雖然…但是…」、「但是相對之下還算…」、「可是…」。

---

1 表示結果跟前項條件不相稱。

【用言連體形；體言の】＋わりに（は）。表示結果跟前項條件不成比例、有出入，或不相稱，結果劣於或好於應有程度。

ノート

相當於「〜のに、〜にしては」。

- 1日でできるなんて言ったわりには、もう1週間だよ。
  還誇口說一天就能做完，都一個星期過去了啦！

- 奥さんが美人なわりには、だんなさんは醜男だ。
  太太是位美女，沒想到先生卻是個醜男耶！

- やせてるわりには、よく食べるね。
  瞧她身材纖瘦，沒想到食量那麼大呀！

- 映画は、評判のわりにはあまり面白くなかった。
  電影風評雖好，但不怎麼有趣。

- 面積が広いわりに、人口が少ない。
  面積雖然大，但人口相對地很少。

N2

頻出文法を完全マスター

〜あげく（に／の）

ポイント ①

1 表示事物最終的結果。可譯作「…到最後」、「…，結果…」。

2 慣用表現「あげくの果て」為「あげく」強調說法。

---

1 表示事物最終的結果。

【動詞過去式；動詞性名詞の】＋あげく（に）。指經過前面一番波折和努力達到的最後結果。

- デパートに行ったが、半日も悩んだあげく、何も買わないで出てきた。
  雖然去了百貨公司，在那裡煩惱了大半天，結果到最後什麼都沒買就離開了。

- 考えたあげく、やっぱり彼にこのことは言わないことにした。
  考慮了很久，最終還是決定不告訴他這件事。

- 口論のあげくに、殴り合いになった。
  吵了一陣子，最後打了起來。

- （歌手の思い出話）親と大げんかしたあげくのデビューでした。
  （歌手談往事）和父母大吵了一架之後，還是決定出道了。

2 慣用表現「あげくの果て」為「あげく」的強調說法。

- 市長も副市長も収賄で捕まって、あげくの果ては知事まで捕まった。
  市長和副市長都因涉嫌收賄而遭到逮捕，到最後甚至連知事也被逮捕了。

ノート

後句的結果大都是因為前句，而造成精神上的負擔或是帶來一些麻煩。多用在消極的場合。

ノート

相當於「〜たすえ」、「〜結果」。

ノート

後接名詞時，用「あげくの＋名詞」。

～あまり（に）

ポイント ①

1 表示原因，導致後項結果。可譯作「由於過度…」、「因過於…」、「過度…」。

2 文法比較：「あまりの～に」為「由於太…オ…」之意。

---

1 表示原因，導致後項結果。

【用言連體形：體言の】＋あまり（に）。表示由於前句某種感情、感覺的程度過甚，而導致後句的結果。前句表示原因，後句的結果一般是消極的。

- 忙しさのあまり、けがをしたことにも気がつかなかった。

  由於忙得不可開交，連受傷了都沒有察覺。

- 父の死を聞いて、驚きのあまり言葉を失った。

  聽到父親的死訊，在過度震驚之下説不出話來。

- 読書に熱中したあまり、時間がたつのをすっかり忘れてしまいました。

  由於沉浸在書中世界，渾然忘記了時光的流逝。

- 息子を愛するあまりに、嫁をいじめて追い出してしまった。

  由於太溺愛兒子而虐待媳婦，還把她趕出了家門。

2 「あまりの～に」為「由於太…オ…」之意。

表示某種程度過甚的原因，導致後項結果。常用「あまりの＋形容詞詞幹＋さ＋に」的形式。

- あまりの暑さに、倒れて救急車で運ばれた。

  在極度的酷熱之中昏倒，被送上救護車載走。

ノート

相當於「あまりに～ので」。

ノート

相當於「暑さのあまり、～」。

～以上（は）

ポイント ①

❶ 表示由於前項決心，後項產生相對應行為。可譯作「既然…」、「既然…，就…」。

---

❶ 表示由於前項決心，後項產生相對應行為。

【動詞連體形】＋以上（は）。由於前句某種決心或責任，後句便根據前項表達相對應的決心、義務或奉勸。

▪ 人間である以上、ミスは避けられない。

　既然身而為人，就無法避免錯誤。

▪ 彼の決意が固い以上、止めても無駄だ。

　既然他已經下定決心，就算想阻止也是沒用的。

▪ 両親は退職したが、まだ元気な以上、同居して面倒を見る必要はない。

　父母雖然已經退休了，既然身體還很硬朗，就不必住在一起照顧他們。

▪ 引き受ける以上は、最後までやり通すつもりだ。

　既然已經接下這件事，我會有始有終完成它的。

▪ やると言った以上は、しっかり成果を上げたいです。

　既然已經接下了任務，就期望能達成令人欣慰的成果。

ノート
有接續助詞作用。

ノート
相當於「～からは」、「～からには」。

〜上（に）

04

ポイント ①

1 表示追加、補充同類的內容。可譯作「…而且…」、「不僅…，而且…」、「在…之上，又…」。

---

1 表示追加、補充同類的內容。

【用言連體形：體言の】＋上（に）。表示在本來就有的某種情況之外，另外還有比前面更甚的情況。

- 先生に叱られた上、家に帰ってから両親にまた叱られた。
  不但被老師責罵，回到家後又挨爸媽罵了。

- 犬を３匹飼っている上、猫も２匹いる。
  不只養了三隻狗，連貓都有兩隻。

- 夫はとても真面目な上に、酒もたばこもやりません。
  外子不但個性認真，而且不菸不酒。

- 主婦は、家事の上に育児もしなければなりません。
  家庭主婦不僅要做家事，而且還要帶孩子。

- この部屋は、眺めがいい上に清潔です。
  這房子不僅景觀好，而且很乾淨。

ノート

相當於「〜だけでなく」。

〜限り（は／では）

ポイント ①

1 表示某條件的範圍內。可譯作「只要…」。

2 表示判斷或提出看法。可譯作「據…而言」。

3 表示在前提下做後項事態。

---

1 **表示某條件的範圍內。**

【動詞連體形；體言の】＋限り（は／では）。表示在前項的範圍內，後項便能成立。

- 太陽が東から昇る限り、私は諦めません。
  只要太陽依然從東邊升起，我就絕不放棄。

- 天と地がひっくり返らない限りは、諦める必要なんかない。
  只要天地沒有顛倒過來，就沒有必要放棄。

2 **表示判斷或提出看法。**

憑自己的知識、經驗等有限範圍做出判斷，或提出看法。

- テレビ欄を見た限りでは、今日はおもしろい番組はありません。
  就我所看到的電視節目表，今天沒有好玩的節目。

- 今回の調査の限りでは、景気はまだ回復しているとはいえない。
  就今天的調查結果而言，還無法斷定景氣已經復甦。

3 **表示在前提下，說話人陳述決心或督促對方做某事。**

- やると言った限りは、必ずやる。
  既然說要做了，就言出必行。

ノート

相當於「〜の範囲内で」。

ノート

常接表示認知行為如「知る（知道）、見る（看見）、聞く（聽說）」等動詞後面。

〜限^{かぎ}り

ポイント ①

1 表示可能性的極限。

2 慣用表現：「〜の限りを尽くす」。

3 表示時間或次數的限度。

1 表示可能性的極限。

【動詞辭書形；名詞の】＋限り。表示可能性的極限。

- できる限りのことはした。あとは運を天にまかせるだけだ。
  我們已經盡全力了。剩下的只能請老天保佑了。

- 見渡^{みわた}す限^{かぎ}り、青^{あお}い海^{うみ}と空^{そら}ばかりだ。
  放眼望去，一片湛藍的海天連線。

- 力^{ちから}の限^{かぎ}り戦^{たたか}ったが、惜^おしくも敗^{やぶ}れた。
  雖然已奮力一戰，卻飲恨敗北了。

2 慣用表現：「〜の限りを尽くす」。

「〜の限りを尽くす」也是慣用表現，為「耗盡、費盡」等意。

- ぜいたくの限^{かぎ}りを尽^つくした王妃^{おうひ}も、最期^{さいご}は哀^{あわ}れなものだった。
  就連那位揮霍無度的王妃，到了臨死前也令人掬一把同情淚。

3 表示時間或次數的限度。

- 今日限^{きょうかぎ}りで引退^{いんたい}します。ファンの皆^{みな}さん、今^{いま}までありがとう！
  我將在今天息影。感謝各位影迷一路以來的支持與愛護！

相當於「〜（ら）れる極限まで」。

「惜しくも」為「遺憾的是…」之意。

〜がたい

ポイント ①

1 表示某行為難以實現。可譯作「難以…」、「很難…」、「不能…」。

---

1 表示某行為難以實現。

【動詞連用形】＋がたい。表示做該動作難度非常高，幾乎是不可能，或者即使想這樣做也難以實現。為書面用語。

- お年寄りを騙して金を奪うなんて、全く許しがたい。
  竟然向老人家騙錢，實在不可原諒！

- 前回はいいできとは言いがたかったけれども、今回はよく書けているよ。
  雖然上一次沒辦法說做得很棒，但這回寫得很好喔！

- 想像しがたくても、これは実際に起こったことだ。
  儘管難以想像，這卻是真實發生的事件。

- これは私にとって忘れがたい作品です。
  這對我而言，是件難以忘懷的作品。

- その条件はとても受け入れがたいです。
  那個條件叫人難以接收。

ノート

活用變化同形容詞。

ノート

相當於「〜するのが難しい」。

〜かねない

ポイント ①

1 表示有某種可能性或危險性。可譯作「很可能
…」、「也許會…」、「說不定將會…」。

---

1 **表示有某種可能性或危險性。**

【動詞連用形】＋かねない。有時用在主體道德意識薄弱，
或自我克制能力差等原因，而有可能做出異於常人的某種
事情。一般用在負面的評價。

- 二股かけてたって？　森村なら、やりかねないな。
  聽說他劈腿了？森村那個人，倒是挺有可能做這種事哦。

- こんな生活をしていると、体を壊しかねませんよ。
  要是再繼續過這種生活，說不定會把身體弄壞的哦。

- そんなむちゃな。命にかかわることにもなりか
  ねないじゃないか。
  哪有人這樣亂來的啊！說不定會沒命的耶！

- あいつなら、そんなでたらめも言いかねない。
  那傢伙的話就很可能會信口胡說。

- あんなにスピードを出しては事故も起こしかね
  ない。
  開那麼快，很可能會出事故的。

ノート

「かねない」
是接尾詞「か
ねる」的否定
形。「〜かね
る」用法請參
考本書第174
頁。

ノート

相當於「〜す
る可能性が
ある、〜す
るかもしれな
い」。

～かねる

ポイント ①

1 表示由於一些原因，難以做到某事。可譯作「難以…」、「不能…」、「不便…」。

2 衍生用法：「お待ちかね」表示久候多時。

---

1 表示由於一些原因，難以做到某事。

【動詞連用形】＋かねる。由於心理上的排斥感等主觀原因，或是道義上的責任等客觀原因，而難以做到某事。

- 患者は、ひどい痛みに耐えかねたのか、うめき声を上げた。
  病患雖然強忍了劇痛，卻發出了呻吟。

- 失業したことを妻に言い出しかねていたが、やはり言わざるを得ない。
  雖然不想把失業的事告訴妻子，卻還是不得不説。

- 申し訳ありませんが、私ではお答えしかねます。
  真是抱歉，我不便回答。

- もたもたしていたら、見るに見かねて福田さんが親切に教えてくれた。
  瞧我做得拖拖拉拉的，看不下去的福田小姐很親切地教了我該怎麼做。

2 「お待ちかね」表示久候多時。

為「待ちかねる」的衍生用法，但沒有「お待ちかねる」這種説法。

- じゃーん。お待ちかねのケーキですよ。
  來囉！望眼欲穿的蛋糕終於來囉！

ノート

活用變化與動詞相同。相當於「ちょっと～できない、～しにくい」。

ノート

常用於委婉的拒絕表現。

ノート

其中「見るに」可省略。其他動詞少有這種用法。

ノート

「じゃーん」用於給親朋好友等熟人驚喜時的語詞。

〜かのようだ

ポイント

1 將事態比喻成某種具體事物。可譯作「像…一樣的」、「似乎…」。

2 常用於文學性描寫。

---

1 將事態比喻成某種具體事物。

【用言終止形】＋かのようだ。將事物的狀態、性質、形狀及動作狀態，比喻成比較誇張的、具體的，或比較容易瞭解的其他事物。

- 母は、何も聞いていないかのように、「お帰り」と言った。
  媽媽裝作什麼都沒聽說的樣子，只講了一句「回來了呀」。

- その会社は、輸入品を国産であるかのように見せかけて売っていた。
  那家公司把進口商品偽裝成國產品販售。

2 常用於文學性描寫。

- 池には蓮の花が一面に咲いて、極楽浄土に来たかのようです。
  池子裡開滿了蓮花，宛如來到了極樂淨土。

- 暖かくて、まるで春が来たかのようだ。
  暖烘烘地，好像春天來到似地。

- この村では、中世に戻ったかのような生活をしています。
  這個村子，過著如同回到中世紀般的生活。

ノート
相當於「まるで〜ようだ」。

ノート
經常以「〜かのように＋動詞」的形式出現。

ノート
後接名詞時，用「〜かのような＋名詞」。

175

〜から見ると、から見れば、から見て（も）

ポイント ①

1 表示判斷的立場、角度。可譯作「從…來看」；「從…來說」。

2 表示判斷的依據。可譯作「根據…來看…的話」。

---

1 **表示判斷的立場、角度。**

【體言】＋から見ると、から見れば、から見て（も）。表示判斷的角度，也就是「從某一立場來判斷的話」之意。

ノート
相當於「〜からすると」。

- 子どもたちから見れば、お父さんは神様みたいなものよ。
  在孩子的眼中，爸爸就像天上的神祇。

- 夫は、妻である私から見てもハンサムなんです。
  即便以我這個做太太的看來，我先生真的長得很帥。

2 **表示判斷的依據。**

- あの様子から見れば、彼は相当疲れているらしい。
  從那個樣子來看，他似乎很疲倦。

- 顔つきから見て、津田さんは告げ口したのは私だと思っているらしい。
  從表情看來，津田先生好像以為是我去打小報告的。

- 雲の様子から見ると、もうじき雨が降りそうです。
  從雲的形狀看起來，好像快要下雨了。

〜ことから

ポイント

1 用於說明命名的由來。可譯作「…是由於…」。

2 表示後項事件因前項而起。可譯作「從…」。

3 表示理由、原因。

1 用於說明命名的由來。

【用言連體形】＋ことから。用於說明命名的由來。

- 日本は、東の端に位置することから「日の本」という名前が付きました。

  日本是由於位於東邊，所以才將國號命名為「日之本」（譯注：意指太陽出來的地方。）

> ノート
> 相當於「〜ところから」。

2 表示後項事件因前項而起。

- つまらないことから大げんかになってしまいました。

  從雞毛蒜皮小事演變成了一場大爭吵。

3 表示理由、原因。

根據前項的情況，來判斷出後面的結果或結論。也可表示因果關係。

- 今日負けたことから、そのチームの優勝はかなり難しくなったと言える。

  從今天落敗的結果來看，可以說那支隊伍想要取得優勝已經相當困難了。

- 顔がそっくりなことから、双子だと分かった。

  因為長得很像，所以知道是雙胞胎。

- 電車が通ったことから、不動産の値段が上がった。

  自從電車通車了以後，房地產的價格就上漲了。

>
> ノート
> 相當於「〜ので」。

〜ことだから

ポイント ①

1 表示自己判斷的依據。可譯作「因為是…，所以…」。

2 表示理由。

---

1 **表示自己判斷的依據。**

【體言の】＋ことだから。主要接表示人物的詞後面，前項是根據說話雙方都熟知的人物的性格、行為習慣等，做出後項相應的判斷。

- あなたのことだから、きっと<ruby>夢<rt>ゆめ</rt></ruby>を<ruby>実現<rt>じつげん</rt></ruby>させるでしょう。

  因為是你，所以一定可以讓夢想實現吧！

- <ruby>責任感<rt>せきにんかん</rt></ruby>の<ruby>強<rt>つよ</rt></ruby>い<ruby>彼<rt>かれ</rt></ruby>のことだから、<ruby>役目<rt>やくめ</rt></ruby>をしっかり<ruby>果<rt>は</rt></ruby>たすだろう。

  因為是責任感強的他，所以一定能完成使命吧！

- <ruby>健介<rt>けんすけ</rt></ruby>のことだ。<ruby>心配<rt>しんぱい</rt></ruby>しなくても<ruby>大丈夫<rt>だいじょうぶ</rt></ruby>だろう。

  健介機靈得很！我想應該不必為他擔心吧。

2 **表示理由。**

由於前項狀況、事態，後項也做與其對應的行為。

- <ruby>月<rt>つき</rt></ruby>もきれいなことですから、<ruby>歩<rt>ある</rt></ruby>いて<ruby>帰<rt>かえ</rt></ruby>りませんか。

  既然月色也那麼美，要不要散步回家呢？

- いつものことですから、どうぞお<ruby>構<rt>かま</rt></ruby>いなく。

  這是常有的事，請不必費心。

近似「〜ことから」。
相當於「〜だから、たぶん」。

「健介のことだ。」可換成「健介のことだから、〜」。

〜ざるを得ない

ポイント ①

1 表示別無他法。可譯作「不得不…」、「只好…」、「被迫…」。

2 表示自然而然產生後項的心情或狀態。

1 表示別無他法。

【動詞未然形】＋ざるを得ない。表示除此之外，沒有其他的選擇。有時也表示迫於某壓力或情況，而違背良心地做某事。

▪ 不景気でリストラを実施せざるを得ない。
由於不景氣，公司不得不裁員。

▪ こんな結果になってしまい、残念と言わざるを得ない。
事情演變到這樣的結果，不得不說非常遺憾。

▪ いくら好きでも、両親にこれだけ反対されては諦めざるを得ません。
就算再怎麼兩情相悅，既然父母徹底反對，也就不得不放棄這段戀情。

2 表示自然而然產生後項的心情或狀態。

▪ これだけ説明されたら、信じざるを得ない。
都解釋這麼多了，叫人不信也不行了。

▪ 香川雅人と上戸はるかが主役となれば、これは期待せざるを得ませんね。
既然是由香川雅人和上戶遙擔綱主演，這部戲必定精采可期！

ノート

「ざる」是「ず」的連體形。「得ない」是「得る」的否定形。

ノート

相當於「〜しなければならない」。

ノート

前接サ行變格動詞要用「〜せざるを得ない」。但前接「愛する」，用「愛さざるを得ない」。

ポイント

❶ 表示前項完成那一刻，採取後項行動。可譯作
「要看…如何」；「馬上…」、「一…立即」、
「…後立即…」。

---

❶ 表示前項完成那一刻，採取後項行動。

【動詞連用形】＋次第。表示某動作剛一做完，就立即採
取下一步的行動。

- 詳しいことは、決まり次第ご連絡します。
  詳細內容等決定以後再與您聯繫。

- 大学を卒業し次第、結婚します。
  等大學畢業以後就結婚。

- 病院の部屋が空き次第、入院することになった。
  等病房空出來以後，就去住院了。

- 雨が止み次第、出発しましょう。
  雨一停就馬上出發吧！

- バリ島に着き次第、電話します。
  一到巴里島，馬上打電話給你。

ノート
跟「～すると
すぐ」意思相
同。

〜次第だ、次第で（は）

ポイント ①

1 表示動作的實現端看某事態而定。可譯作「全憑…」、「要看…而定」、「決定於…」。

2 諺語：「地獄の沙汰も金次第」為「有錢能使鬼推磨」之意。

---

1 **表示動作的實現端看某事態而定。**

【體言】＋次第だ、次第で（は）。表示行為動作要實現，全憑「次第だ」前面的名詞的情況而定。

▪ 今度の休みに温泉に行けるかどうかは、お父さんの気分次第だ。

這次假期是否要去溫泉旅遊，一切都看爸爸的心情。

▪ 合わせる小物次第でオフィスにもデートにも着回せる便利な1着です。

依照搭襯不同的配飾，這件衣服可以穿去上班，也可以穿去約會，相當實穿。

▪ まずそう言ってみて、その後どうするかは相手の出方次第だ。

先這樣説説看，之後該怎麼做就看對方如何出招了。

▪ 成り行き次第では、私が司会をすることになるかもしれません。

端看事態的發展，或許將由我擔任司儀。

2 **「地獄の沙汰も金次第」為「有錢能使鬼推磨」之意。**

▪ 「犯人が保釈されたんだって？」「『地獄の沙汰も金次第』ってことだよ」。

「什麼？凶手交保了？」「這就是所謂的『有錢能使鬼推磨』啊！」

ノート

相當於「〜によって決まる」、「〜で左右される」。

～上（は／では／の／も）

ポイント ①

1 表示就此觀點而言。可譯作「從⋯來看」、「出於⋯」、「鑑於⋯上」。

---

1 表示就此觀點而言。

【體言】＋上（は／では／の／も）。表示就此觀點而言。

- その話は、ネット上では随分前から騒がれていた。
  那件事，在網路上從很早以前就鬧得沸沸揚揚了。

- おかしいなあ。計算上は、壊れるはずないんだけどなあ。
  好奇怪喔⋯⋯，就計算數據來看，不應該會壞掉啊？

- 予算の都合上、そこは我慢しよう。
  依照預算額度，那部分只好勉強湊合了。

- たばこは、健康上の害が大きいです。
  香菸對健康會造成很大的傷害。

- スケジュール上も、その日に会議を開くのはちょっと厳しいです。
  即使是以已排定的行程來看，那天恐怕也擠不出時間開會。

ノート

相當於「～の方面では」。

～ずにはいられない

ポイント ①

1 表示無法克制某行為。可譯作「不得不…」、「不由得…」、「禁不住…」。

2 表示自然產生情感或反應。

---

1 表示無法克制某行為。

【動詞未然形】＋ずにはいられない。表示自己的意志無法克制，情不自禁地做某事。

- 気になって、最後まで読まずにはいられない。

  由於深受內容吸引，沒有辦法不讀到最後一個字。

- 出向させられることになった。これが酒でも飲まずにいられるか。

  我被公司外派了。這教我怎能不借酒澆愁呢？

2 表示自然產生情感或反應。

指動作行為者無法控制所呈現的情感或反應等。

- あの映画のラストシーンは感動的で、泣かずにはいられなかった。

  那電影的最後一幕很動人，讓人不禁流下眼淚。

- 君のその輝く瞳を見ると、愛さずにはいられないんだ。

  看到妳那雙閃亮的眼眸，教人怎能不愛呢？

- あまりにも無残な姿に、目をそむけずにはいられなかった。

  那慘絕人寰的狀態，實在讓人目不忍視。

ノート

相當於「～ないでは我慢できない」。

ノート

「出向」指「被派往（其他公司）」，有貶職之意。「飲まずにいられるか」為「飲まずにはいられない」的反話語氣（用問句形式表示肯定），此處不能插入「は」。

〜だけあって、だけある

ポイント ①

1 表示名副其實。可譯作「不愧是…」。

2 用「だけある」表示可接受、理解前項事態。
可譯作「果然是…」。

---

1 表示名副其實。

【用言連體形；體言】＋だけあって。表示名實相符，後項結果跟自己所期待或預料的一樣。

- プロを目指しているだけあって、歌がうまい。
  不愧是立志成為專業歌手的人，歌唱得真好！

- この辺は、商業地域だけあって、とてもにぎやかだ。
  這附近不愧是商業區，相當熱鬧。

- 百科辞典というだけあって、何でも載っている。
  不愧是百科辭典，內容什麼都有。

2 用「だけある」表示可接受、理解前項事態。

【用言連體形；體言】＋だけある。

- このケーキ、さすが行列ができるだけあるよ。おいしいなあ。
  這塊蛋糕，不愧是排隊搶購的熱賣商品！好好吃喔！

- 5回洗濯しただけで穴が開くなんて、安かっただけあるよ。
  只不過洗了五次就破洞了，果然是便宜貨！

ノート
一般用在積極讚美的時候。副助詞「だけ」在這裡表示與之名實相符。

ノート
相當於「〜にふさわしく」。

ノート
也可換成「だけのことはある」。

〜つつある

ポイント ①

1 表示事態正朝某個方向持續發展。可譯作「正在…」。

1 **表示事態正朝某個方向持續發展。**

【動詞連用形】＋つつある。接繼續動詞後面，表示某一動作或作用正向著某一方向持續發展。

- 二酸化炭素の排出量の増加に伴って、地球温暖化が進みつつある。

  隨著二氧化碳排放量的增加，地球暖化現象持續惡化。

- 一生結婚しない人が増えつつある。

  一輩子不結婚的人數正持續增加當中。

- ミサイル発射事件をきっかけに、両国の緊張は高まりつつある。

  自從爆發導彈發射事件以來，兩國的緊張情勢逐步攀升。

- プロジェクトは、新しい段階に入りつつあります。

  企劃正往新的階段進行中。

- 経済は、回復しつつあります。

  經濟正在復甦中。

ノート

「〜ている」→表某動作做到一半。

「〜つつある」→表正處於某種變化中。因此，前面不可接「食べる、書く、生きる」等動詞。

〜つつ（も）

ポイント ①

1 表示逆接。可譯作「儘管…」、「雖然…」。

2 表示同時進行。可譯作「一邊…一邊…」。

---

1 表示逆接。

【動詞連用形】＋つつ（も）。表示連接兩個相反的事物。

- 夫に悪いと思いつつも、彼に溺れていったんです。
  儘管心裡覺得對不起先生，但還是對情夫無法自拔。

- ちょっとだけと言いつつ、たくさん食べてしまった。
  我一面説只嚐一點點就好，卻還是吃了一大堆。

- やらなければならないと思いつつ、今日もできなかった。
  儘管知道得要做，但今天還是沒做。

2 表示同時進行。

表示同一主體，在進行某一動作的同時，也進行另一個動作。

- 彼は酒を飲みつつ、月を眺めていた。
  他一邊喝酒，一邊賞月。

- 空に浮かぶ雲を眺めつつ、故郷の家族のことを思った。
  一面眺望著天空的浮雲，一面思念著故郷的家人。

ノート

相當於的「〜のに」、「〜にもかかわらず」、「〜ながらも」。

～て（で）しかたがない、て（で）しょうがない、て（で）しようがない

ポイント ①

1 表示難以控制的狀態。可譯作「…得不得了」。

2 「～て（で）しょうがない」使用頻率最高。

3 「～て（で）しようがない」與前者發音不同。

1 **表示生理或心理上處於難以控制的狀態。**

【形容詞・動詞連用形；形容動詞詞幹】＋て（で）しかたがない、て（で）しょうがない、て（で）しようがない。表示心情或身體，處於難以抑制，不能忍受的狀態。

- 蚊に刺されたところがかゆくてしかたがない。
  被蚊子叮到的地方癢得要命。

為口語表現。相當於「～てならない」、「～てたまらない」、「非常に」。

2 **「～て（で）しょうがない」使用頻率最高。**

- 父の病気が心配でしょうがない。
  我極度擔心父親的病況。

- 彼女のことが好きで好きでしょうがない。
  我喜歡她，喜歡到不行。

- 私、もててもててしょうがないの。美しさって罪ね。
  我簡直是人見人愛。人長得美真是罪過哪。

使用頻率依序為：「て（で）しょうがない」、「て（で）しかたがない」、「て（で）しようがない」。

3 **「～て（で）しようがない」與前者意思相同，發音不同。**

- 母からの手紙を読んで、泣けてしようがなかった。
  讀著媽媽寫來的信，哭得不能自已。

〜てまで、までして

ポイント ①

1 表示為達到目的，而採取某種極端手段。可譯作「到…的地步」、「甚至…」、「不惜…」。

2 前接動詞時，用「〜てまで」。

---

1 表示為達到目的，而採取某種極端手段。

【體言】＋までして。表示為了達到某種目的，採取令人震驚的極端行為，或是做出相當大的犧牲。

- 売春までして男に金を貢いだ。
  她不惜賣春賺錢供男人花用。

- 借金までして家を買わなくてもいい。
  沒必要搞到去借錢來買房子！

2 前接動詞時，用「〜てまで」。

【動詞連用形】＋てまで。

- あんな人に頭を下げてまで、会社に残ろうとは思いません。
  我不想為了讓自己留在公司裡，還得去向那種人低頭央求。

- 整形手術してまで、美しくなりたいとは思いません。
  我沒有想變漂亮想到要整形動刀的地步。

- 映画の仕事は、彼が家出をしてまでやりたかったことなのだ。
  從事電影相關工作，是他不惜離家出走也想做的事。

～というと、っていうと

1 表示確認對方的發話內容。可譯作「你說…」等。

2 表示承接話題的聯想。可譯作「提到…」、「要說…」、「說到…」。

1 **表示確認對方的發話內容。**

【體言：句子】＋というと、っていうと。用於確認對方的發話內容，說話人再提出疑問、質疑等。

- 堺照之というと、このごろテレビでよく見かけるあの堺照之ですか。

  你說的那個堺照之，是最近常在電視上看到的那個堺照之嗎？

- 来週っていうと、確か木曜日は祝日じゃないですか。

  你說下星期，可是我記得星期四不是應該放假嗎？

- 会えないっていうと？そんなにご病気重いんですか。

  說是沒辦法見面？當真病得那麼嚴重嗎？

2 **表示承接話題的聯想。**

【體言：句子】＋というと、っていうと。從某個話題引起自己的聯想，或對這個話題進行說明。

- 古典芸能というと、やはり歌舞伎でしょう。

  提到古典戲劇，就非歌舞伎莫屬了。

- 大人っぽいというと、鈴木さんでしょうね。

  要論成熟呢，那就非鈴木小姐莫屬了。

ノート

也可以說「～といえば」（提到）。

〜というものだ

ポイント ①

1 表示對事物提出看法或批判。可譯作「也就是…」、「就是…」。

2 「ってもん」是種較草率、粗魯的說法。

---

1 表示對事物提出看法或批判。

【動詞連體形；體言】＋というものだ。表示對事物做出看法或批判。是一種斷定說法。

- とうとう結婚を承知してくれた。待ったかいがあったというものだ。
  她終於答應跟我結婚了。總算不枉我等了那麼久。

- コネで採用されるなんて、ずるいというものだ。
  透過走後門找到工作，實在是太狡猾了。

- この事故で助かるとは、幸運というものです。
  能在這事故裡得救，算是幸運的了。

- 真冬の運河に飛び込むとは、無茶というものだ。
  寒冬跳入運河，是件荒唐的事。

2 「ってもん」是種較草率、粗魯的說法。

先將「という」變成「って」，再接上「もの」轉變的「もん」。

- 地球は自分を中心に回ってるとでも思ってるの？大間違いってもんよ。
  他以為地球是繞著他轉的啊？真是錯到底啦！

不會有過去式或否定形的活用變化。

近似「〜なのだ」。

有些女性說話時，會去掉後面的「だ」，再加終助詞「よ」。

～というものではない、というものでもない

ポイント ①

1 表示不完全贊成某想法或主張。可譯作「…可不是…」、「並不是…」、「並非…」。

1 表示不完全贊成某想法或主張。

【體言：用言終止形】＋というものではない、というものでもない。表示對某想法或主張，不能說是非常恰當，不完全贊成。

ノート
相當於「～というわけではない」。

- 一流大学を出て一流企業に入れば勝ちというものではない。

  不是讀了名校、進入一流公司，就屬於人生勝利組。

- 結婚すれば幸せというものではないでしょう。

  結婚並不代表獲得幸福吧！

- 年上だからといって、いばってよいというものではない。

  並不是稍長個幾歲，就可以對人頤指氣使的！

- 才能があれば成功するというものではない。

  有才能並非就能成功。

- 思い続ければ必ずいつか報われるというものでもない。

  不是一直暗戀，總有一天就能終成眷屬。

〜どころか

ポイント ①

1 表示事實結果與預想程度相差甚遠。可譯作「哪裡還…」、「非但…」、「簡直…」。

2 表示事實結果與預想內容相反。

---

1 表示事實結果與預想程度相差甚遠。

【體言；用言連體形】＋どころか。表示從根本上推翻前項，並且在後項提出跟前項程度相差很遠。

- 彼は結婚しているどころか、今の奥さんで３人目だ。

  他不但結婚了，而且現在的太太還是第三任妻子。

- お金が足りないどころか、財布は空っぽだよ。

  哪裡是不夠錢，就連錢包裡一毛錢也沒有。

- 一流大学を出ているどころか、博士号まで持っている。

  他不僅是從名校畢業，還擁有博士學位。

2 表示事實結果與預想內容相反。

- 薬が体に合わなかったようで、良くなるどころかかえってひどくなった。

  身體似乎對這種藥物產生排斥，別説是病情好轉了，反而愈發惡化了。

- 失敗はしたが、落ち込むどころかますますやる気が出てきた。

  雖然失敗了，可是不但沒有沮喪，反而激發出十足幹勁。

〜どころではない

ポイント ①

1 表示沒有餘裕做某事。可譯作「哪裡還能…」等。

2 表示事態大大超出某種程度。可譯作「何止…」。

3 表示事態與其說是前項，實際為後項。

1 表示沒有餘裕做某事。

【體言；用言連體形】＋どころではない。

- 先々週は風邪を引いて、勉強どころではなかった。
  上上星期感冒了，哪裡還能唸書啊。

- ごめんなさい、息子が熱を出してそれどころじゃないんです。
  對不起，我兒子正在發燒，沒心情談別的事！

2 表示事態大大超出某種程度。

- 怖いどころではなく、恐怖のあまり涙が出てきました。
  何止是害怕，根本被嚇得飆淚了。

- あったかかったどころじゃない、暑くて暑くてたまらなかったよ。
  這已經不只是暖和，根本是熱到教人吃不消了耶！

3 表示事態與其說是前項，實際為後項。

- あったかかったどころじゃない、あんな寒いところだとは思わなかったよ。
  哪裡是暖和的天氣，根本連作夢都沒想到那地方會冷成那樣耶！

ノート
「じゃ」為「では」的口語縮約形。

〜ながら（も）

ポイント ①

1 表示後項與前項所預想的不同。可譯作「雖然…，但是…」、「儘管…」、「明明…卻…」。

---

1 表示後項與前項所預想的不同。

【動詞連用形；形容詞終止形；體言；形容動詞詞幹；副詞】＋ながら（も）。連接兩個矛盾的事物。表示後項與前項所預想的不同。

相當於「〜のに」。

- 残念ながら、今回はご希望に添えないことになりました。

  很遺憾，目前無法提供適合您的職務。

- 夫の浮気を、みんな知っていながら私には教えてくれなかった。

  儘管大家都知道我先生有外遇，卻沒有人告訴我。

- 夫に悪いと思いながらも、彼への思いがどんどん募っていきました。

  雖然覺得對不起先生，但對情夫的愛意卻越來越濃。

- 狭いながらも、楽しい我が家だ。

  雖然很小，但也是我快樂的家。

「我が」為「私の」之意。

- 今季は増益ながらも、まだ楽観できる経営状況ではありません。

  雖然本季的收益增加，但經營狀況還不能樂觀看待。

〜にかかわらず

ポイント

1 表示前項不是後項事態成立的阻礙。可譯作「無論…與否…」、「儘管…也…」。

2 用「〜にかかわりなく」表示「不管…都…」之意。

1 表示前項不是後項事態成立的阻礙。

【體言；用言連體形】＋にかかわらず。接兩個表示對立的事物，表示跟這些無關，都不是問題。前接的詞多為意義相反的二字熟語，或同一用言的肯定與否定形式。

- 勝敗にかかわらず、参加することに意義がある。
  不論是優勝或落敗，參與的本身就具有意義。

- 同僚とは、好き嫌いにかかわらず付き合わなければならない。
  不管是喜歡或討厭，都非得和同事保持互動才行。

- 年齢や性別にかかわらず、努力次第で誰にでもチャンスがあります。
  不分年齡或性別，只要努力，任何人都有機會。

- お酒を飲む飲まないにかかわらず、一人当たり２千円を払っていただきます。
  不管有沒有喝酒，每人都要付兩千日圓。

2 用「〜にかかわりなく」表示「不管…都…」之意。

- 以前の経験にかかわりなく、実績で給料は決められます。
  不管以前的經驗如何，以業績來決定薪水。

ノート
有時跟「〜にもかかわらず」意思相同，都表示「儘管」之意。

ノート
跟「〜にかかわらず」意思、用法幾乎相同。

〜に限って、に限り

ポイント

1 表示事物的限定範圍。「只有…」、「唯獨…是…的」、「獨獨…」

---

1 **表示事物的限定範圍。**

【體言】＋に限って、に限り。表示特殊限定的事物或範圍。說明唯獨某事物特別不一樣。

- うちの子に限って、万引きなんかするはずがありません。

  唯獨我家的孩子，絕對不可能做出順手牽羊的事。

- 受験の日に限ってインフルエンザにかかるなんて、ついてない。

  竟然在考試當天患上流行性感冒，真是倒楣。

- 未使用でレシートがある場合に限り、返品を受け付けます。

  僅限尚未使用並保有收據的狀況，才能受理退貨。

- 先着50名様に限り、100円引きでサービスします。

  僅限前五十名客人可享有扣抵一百日圓的優惠。

- この店は、週末に限らずいつも混んでいます。

  這家店不分週末或平日，總是客滿。

ノート

相當於「〜だけは、〜の場合だけは」。

ノート

「〜に限らず」為否定形。

～にかけては

ポイント ①

1 表示單就某件事來敘述。可譯作「在…方面」、「關於…」、「在…這一點上」。

---

1 表示單就某件事來敘述。

【體言】＋にかけては。表示「其它姑且不論，僅就那一件事情來說」的意思。後項多接對別人的技術或能力好的評價。

- 数学にかけては関本さんがクラスで一番だ。
  在數學科目方面，関本同學是全班最厲害的。

- 米作りにかけては、まだまだ息子には負けない。
  就種稻來說，我還寶刀未老，不輸兒子。

- 体力にかけては自信があったのだが、まさか入院することになるとは。
  至少就體力而言原先還頗有自信，萬萬沒想到居然會落得需要住院的地步。

- サッカーの知識にかけては、誰にも負けない。
  足球方面的知識，我可不輸給任何人的。

- 人を笑わせることにかけては、彼の右に出るものはいない。
  以逗人發笑的絕活來說，沒有人比他更高明。

～に際し（て／ては／ての）

ポイント ①

1 表示某動作、行為的契機。可譯作「在…之際」、「當…的時候」。

---

1 表示某動作、行為的契機。

【動詞連體形：體言】＋に際し（て／ては／ての）。表示以某事為契機，也就是動作的時間或場合。

- 展覧会を開催するに際して、関係各位から多大なご協力をいただいた。
  在舉辦展覽會時，得到了諸位相關人士的大力支援。

- ご利用に際しては、まず会員証を作る必要がございます。
  在您使用的時候，必須先製作會員證。

- 契約の更新に際し、以下の書類が必要になります。
  續約時，必須備齊以下的文件資料。

- 新入社員を代表して、入社に際しての抱負を入社式で述べた。
  我代表所有的新進職員，在進用典禮當中闡述了來到公司時的抱負。

- 取引に際しての注意事項は、きちんと読んだ方がいいですよ。
  在交易時，最好要仔細閱讀注意事項喔。

ノート

意思跟「～にあたって」近似。有複合詞的作用。是書面語。

〜に先立ち、に先立つ、に先立って

ポイント ①

1 表示在某事前先做的準備。可譯作「在…之前，先…」、「預先…」、「事先…」。

1 **表示在某事前先做的準備。**

【體言；動詞連體形】＋に先立ち、に先立つ、に先立って。用在述說做某一動作前應做的事情，後項是做前項之前，所做的準備或預告。

相 當 於「〜
（の）前に」。

- **論文を発表するに先立ち、ほかの解釈がないかよく検討した。**

  在發表論文之前，仔細檢討是否有其他的解釋方式。

- **旅行に先立ち、パスポートが有効かどうか確認する。**

  在出遊之前，要先確認護照期限是否還有效。

- **自分で事業を始めたいが、起業に先立つ資金がない。**

  雖然想自己開辦事業，但沒有創業資金。

- **新しい機器を導入するに先立って、説明会が開かれた。**

  在引進新機器之前，先舉行了説明會。

- **上演に先立ちまして、主催者から一言ご挨拶を申し上げます。**

  在開演之前，先由主辦單位向各位致意。

〜にすぎない

1 表示某微不足道的事態。可譯作「只是…」、「只不過…」、「不過是…而已」、「僅僅是…」。

---

1 表示某微不足道的事態。

【體言；用言連體形】＋にすぎない。表示程度有限，有這並不重要的消極評價語氣。

- 彼女はちょっと顔がきれいであるにすぎない。
  役者としての実力はない。
  她只不過是臉蛋長得漂亮一點罷了，根本沒有演技實力。

- 彼はとかげのしっぽにすぎない。陰に黒幕がいる。
  他只不過是代罪羔羊，背地裡另有幕後操縱者。

- 今回は運がよかったにすぎません。
  這一次只不過是運氣好而已。

- 貯金があるといっても、わずか20万円にすぎない。
  雖説有存款，但也不過是 20 萬日圓而已。

- 答えを知っていたのではなく、勘で言ったにすぎません。
  我不是知道答案，只不過是憑直覺回答而已。

ノート

相當於「ただ〜であるだけだ」。

ノート

句中「とかげのしっぽ」原意為「蜥蜴的尾巴」，由於蜥蜴逃跑時會斷尾求生，因此用於形容為求生存而被拋棄的東西。

～につけ（て）、につけても

1 表示前項事態總會帶出後項結論。可譯作「一
…就…」、「每當…就…」。

2 也可用「～につけ～につけ」來表達。

1 **表示前項事態總會帶出後項結論。**

【動詞連體形；體言】＋につけ（て）、につけても。每當
碰到前項事態，總會引導出後項結論。

- 母から小包が届くにつけ、ありがたいと思う。
  每當收到媽媽寄來的小包裹，就感到無限的感謝。

- あの時の出来事を思い出すにつけても、涙が出
  てきます。
  每當回想起當時的往事，都會流淚。

- 福田さんは何かにつけて私を目の敵にするか
  ら、付き合いにくい。
  福田小姐不論任何事總是視我為眼中釘，實在很難和
  她相處。

- それにつけても、思い出すのは小学校で同級だっ
  た矢部さんです。
  關於那件事，能夠想起的只有小學同班同學的矢部而已。

2 **也可用「～につけ～につけ」來表達。**

- 早瀬君の姿を見るにつけ、声を聞くにつけ、胸
  がキューンとなる。
  不管是看到早瀨的身影也好，聽到他的聲音也好，我
  心頭就會一陣悸動。

ノート

這時兩個「に
つけ」的前面
要接成對的
詞。

〜にほかならない

ポイント ①

1 斷定事態發生的原因。可譯作「完全是…」、「不外乎是…」、「其實是…」、「無非是…」。

2 相關用法：「ほかならぬ」修飾名詞，表示其他人事物無法取代的特別存在。

---

1 斷定事態發生的原因。

【體言】＋にほかならない。表示斷定的說事情發生的理由、原因，是對事物的原因、結果的肯定語氣。

> ・このたびの受賞は、支持してくださった皆様のおかげにほかなりません。
> 這次能夠獲獎，必須完全歸功於各位長久以來的支持鼓勵。

> ・正月を迎えるということは、死に一歩近づくことにほかならない。
> 新的一年到來，也就相當於更接近死期了。

> ・女性の給料が低いのは、差別にほかならない。
> 女性的薪資低，其實就是男女差別待遇。

> ・彼があんな厳しいことを言うのも、君のためを思うからにほかならない。
> 他之所以會説那麼嚴厲的話，完完全全都是為了你著想。

2 用「ほかならぬ」修飾名詞。

表示其他人事物無法取代的特別存在。

> ・ほかならぬ君の頼みとあれば、一肌脱ごうじゃないか。
> 既然是交情匪淺的你前來請託，我當然得大力相助啊！

ノート

亦即「それ以外のなにものでもない」（不是別的，就是這個）的意思。

～抜きで、抜きに、抜きの、抜きには、抜きでは

ポイント ①

1 表示除去或省略一般應該有的部分。可譯作「省去…」、「沒有…」。

2 以「抜きには、抜きでは」表示「如果沒有…，就無法…」。

---

1 **表示除去或省略一般應該有的部分。**

【體言】＋抜きで、抜きに、抜きの。表示除去或省略一般應該有的部分。

- ほらほら、堅苦しい挨拶は抜きでいいじゃない。かんぱーい！

  哎呀哎呀，別再那樣一板一眼致詞啦！乾杯！

- この小説は、理屈抜きに面白かった。

  這部小説就是好看，沒話説！

- 男性抜きの宴会、「女子会」がはやっています。

  目前正在流行沒有任何男性參加的餐會，也就是所謂的「姊妹淘聚會」。

相當於「～なしで、なしに」。

後接名詞時，用「～抜きの＋名詞」。

2 **以「抜きには、抜きでは」表示「如果沒有…，就無法…」。**

【體言】＋抜きには、抜きでは。

- この商談は、社長抜きにはできないよ。

  這個洽談沒有社長是不行的。

- カフェイン抜きでは、コーヒーとは言えないよ。

  少了咖啡因，哪裡還算是咖啡呢！

相當於「～なしでは、なしには」。

〜末（すえ）（に／の）

ポイント ①

1 表示某一期間的結束。可譯作「結局最後…」。

2 後接名詞時，用「〜末の＋名詞」。

3 表示實際時間的結尾。

---

1 表示某一期間的結束。

【體言】＋の末（に／の）。【動詞過去式】＋た末（に／の）。
表示「經過一段時間，最後…」之意，是動作、 行為等
的結果。

為書面語。

- 別れる別れないと大騒ぎをした末、結局彼らは
  仲良くやっている。

  一下要分手，一下不分手的鬧了老半天，結果他們又
  和好如初了。

- 悩んだ末に、会社を辞めることにした。

  煩惱了好久，到最後決定辭去工作了。

- この古代国家は、政治の混乱のすえに、滅亡した。

  這個古代國家，政局混亂的結果，最後滅亡了。

2 後接名詞時，用「〜末の＋名詞」。

- 悩んだ末の結論ですから、後悔はしません。

  這是經過苦思之後做出的結論，不會後悔。

3 表示實際時間的結尾。

也常用於日常
對話中。

- 来月の末にお店を開けるように、着々と準備を
  進めている。

  為了趕及下個月底開店，目前正在積極籌備當中。

〜ばかりに

ポイント ①

❶ 表示不良結果發生的原因。可譯作「就因為…」、「都是因為…，結果…」。

❷ 強調由於說話人的心願，導致極端的行為或事件發生。

❶ **表示不良結果發生的原因。**

【用言連體形】＋ばかりに。表示就是因為某事的緣故，造成後項不良結果或發生不好的事情。

- 過半数がとれなかったばかりに、議案は否決された。

  因為沒有過半數，所以議案被否決了。

- 性格があまりにまっすぐなばかりに、友人と衝突することもあります。

  就因為他的個性太過耿直，有時候也會和朋友起衝突。

- 学歴が低いばっかりに、給料のいい仕事に就けない。

  就因為學歷比較低，所以沒辦法從事高薪工作。

❷ **強調由於說話人的心願，導致極端的行為或事件發生。**

- 夫に嫌われたくないばかりに、何を言われても我慢している。

  只因為不想被丈夫嫌棄，所以不管他如何挖苦我，全都忍耐下來。

- オリンピックで金メダルを取りたいばかりに、薬物を使った。

  只為了在奧運贏得金牌，所以用了藥物。

ノート

說話人含有後悔或遺憾的心情。

ノート

相當於「〜が原因で、（悪い状態になった）」。

～はともかく（として）

ポイント

1 表示把前項放一邊，先談後項。可譯作「姑且不管…」、「…先不管它」。

---

1 表示把前項放一邊，先談後項。

【體言】＋はともかく（として）。表示提出兩個事項，前項暫且不作為議論的對象，先談後項。暗示後項是更重要的。

ノート

相當於「～はさておき」。

- **顔はともかく、人柄はよい。**
  暫且不論長相，他的人品很好。

- **俺の話はともかくとして、お前の方はどうなんだ。**
  先別談我的事，你那邊還好嗎？

- **それはともかく、まずコート脱いだら？**
  那個等一下再説，你先脱掉大衣吧？

- **平日はともかく、週末はのんびりしたい。**
  不管平常如何，我週末都想悠哉地休息一下。

- **デザインはともかくとして、生地は上等です。**
  先不管設計，布料可是上等貨色呢。

～ほどだ、ほどの

ポイント ①

1 表示對事態舉出具體的狀況或事例。可譯作「幾乎…」、「簡直…」。

2 後接名詞，用「～ほどの＋名詞」。

1 表示對事態舉出具體的狀況或事例。

【用言連體形】＋ほどだ。為了說明前項達到什麼程度，在後項舉出具體的事例來。

- 最近、親父があまりに優しすぎて、気味が悪いほどだ。

  最近，老爸太過和善，幾乎讓人覺得可怕。

- 憎くて憎くて、殺したいほどだ。

  我對他恨之入骨，恨不得殺了他！

- 今朝は寒くて、池に氷が張るほどだった。

  今天早上冷到池塘的水面上結了一層冰。

2 後接名詞，用「～ほどの＋名詞」。

- 高田さんほどの人でも、できなかったんですか。

  就連高田先生那樣厲害的人，都沒辦法辦得到嗎？

- 何としても成し遂げたい。そのためにはどれほどの犠牲を払ってもいい。

  無論如何都希望成功。為了達到這個目的將不計任何代價。

ノート

用於說話人跟聽話者雙方都知道「高田さん」，且都對高田先生抱持高評價。

〜まい

ポイント ①

1 表示拒絕做某事的決心。可譯作「不打算⋯」。

2 表示說話人推測、想像。可譯作「大概不會⋯」。

3 「まいか」表說話人推測疑問。可譯作「該不會⋯吧」。

---

1 表示拒絕做某事的決心。

【動詞終止形】＋まい。 表示說話人不做某事的意志或決心。

- 失敗は繰り返すまいと、心に誓った。
  我心中發誓，絕對不再犯錯。

- あんなところへは二度と行くまい。
  我再也不會去那種地方了！

2 表示說話人否定的推測、想像。

表示說話人推測、想像，「大概不會⋯」之意。

- 妻が私を裏切るなんて、そんなことは絶対あるまい。
  說什麼妻子背叛了我，那種事是絕對不可能的。

3「まいか」表示說話人否定的推測疑問。

- やはり妻は私を裏切っているのではあるまいか。
  結果妻子終究還是背叛了我嗎？

- 妻は私と別れたいのではあるまいか。
  妻子該不會想和我離婚吧？

ノート
相當於「絶対〜ないつもりだ」。

ノート
書面語。

ノート
相當於「絶対〜ないだろ」

ノート
相當於「〜ではないだろうか」。

～ものがある

ポイント ①

1 肯定某人或事物的優點。可譯作「有…的價值」等。

2 表示受某事態而感動。

3 用於感歎某事態之可取之處。

1 表示肯定某人或事物的優點。

【用言連體形】＋ものがある。 由於說話人看到了某些特徵，而發自內心的肯定。是種強烈斷定。

- 古典には、時代を越えて読みつがれてきただけのものがある。
  古籍是足以跨越時代，讓人百讀不厭的讀物。

- 高校生なのにあれほどの速球を投げるとは、期待を抱かせるものがある。
  還只是個高中生卻能投出如此驚人的快球，其未來不可限量。

2 表示受某事態而感動。

- その姿を見て、私の胸には熱く込み上げるものがあった。
  看到他的身影，我的胸口湧上了澎湃的心潮。

3 用於感歎某事態之可取之處。

- 彼のストーリーの組み立て方には、見事なものがある。
  他的故事架構實在太精采了。

- あのお坊さんの話には、聞くべきものがある。
  那和尚說的話，確實有一聽的價值。

〜ものだ

ポイント ①

1 表示回想過去事態。可譯作「以前…」等。

2 對某種必然結果表示感慨。可譯作「…就是…」。

3 忠告某事態為理所當然。可譯作「本來就該…」。

---

1 **表示回想過去事態。**

【用言連體形】＋ものだ。回想過往的事態，並帶有現今狀況與以前不同的含意。

- 私はいたずらが過ぎる子どもで、よく父に殴られたものでした。

  我以前是個超級調皮搗蛋的小孩，常常挨爸爸揍。

- 若いころは、酒を飲んではむちゃをしたものだ。

  他年輕的時候，只要喝了酒就會鬧事。

2 **對某種必然結果表示感慨。**

感慨常識性、普遍事物的必然結果。

- どんなにがんばっても、うまくいかないときがあるものだ。

  有時候無論怎樣努力，還是不順利的。

3 **忠告某事態為理所當然。**

表示理所當然，理應如此。常轉為間接的命令或禁止。

- 狭い道で、車の速度を上げるものではない。

  在小路開車不應該加快車速。

- やめておけ。年寄りの言うことは聞くもんだ。

  快住手！要多聽老人言啊！

〜ものなら

1 表示期望達成某件難以辦到的事。可譯作「如果能…的話」。

2 表示挑釁對方做某行為。可譯作「要是能…就…」。

N2

1 表示期望達成某件難以辦到的事。

【動詞連體形】＋ものなら。提示一個實現可能性很小的事物，且期待實現的心情。

- 南極かあ。行けるものなら、行ってみたいなあ。
  南極喔……。如果能去的話，真想去一趟耶。

- 娘の命が助かるものなら、私はどうなってもかまいません。
  只要能救活女兒這條命，要我付出一切都無所謂。

- あんな人、別れられるものならとっくに別れてる。
  那種人，假如能和她分手的話早就分了。

- 遊べるものなら遊びたいけど、お母さん手伝わないと。
  假如能玩的話當然很想玩，可是還得幫忙媽媽才行。

接續動詞常用可能形，口語會用「〜もんなら」。

後面常接「〜たい」。

2 表示挑釁對方做某行為。

帶著向對方挑戰，放任對方去做的意味。由於是種容易惹怒對方的講法，使用上必須格外留意。

- あの素敵な人に、声をかけられるものなら、かけてみろよ。
  你敢去跟那位美女講話的話，你就去講講看啊！

後項常接「〜てみろ」、「〜てみせろ」等。

〜ものの

ポイント

1 表示姑且承認前項，但後項不能順著前項發展下去。可譯作「雖然…但是…」。

---

1 **表示姑且承認前項，但後項不能順著前項發展下去。**

【用言連體形】＋ものの。後項一般是對於自己所做、所説或某種狀態沒有信心，很難實現等的説法。

- 気はまだまだ若いものの、体はなかなか若いころのようにはいきません。

  心情儘管還很年輕，但身體已經不如年輕時候那麼有活力了。

- 森村は、顔はなかなかハンサムなものの、ちょっと痩せすぎだ。

  森村的長相雖然十分英俊，可就是瘦了一點。

- 謝らなければいけないと分かってはいるものの、口に出しづらい。

  儘管明知道非得道歉不可，但就是説不出口。

- 自分の間違いに気付いたものの、なかなか謝ることができない。

  雖然發現自己不對，但總是沒辦法道歉。

- 彼女とは共通の趣味はあるものの、話があまり合わない。

  雖然跟她有共同的嗜好，但還是話不投機半句多。

ノート

相當於「〜けれども、〜が」。

〜を問わず、は問わず

ポイント ①

1 表示對前項沒有限制。可譯作「無論…都…」等。

2 前面可接用言肯定形及否定形並列的詞。

3 用於廣告為求精簡,常省略助詞。

N2

1 表示對前項沒有限制。

【體言】＋を問わず、は問わず。表示沒有把前接的詞當作問題、跟前接的詞沒有關係。

- ワインは、洋食和食を問わず、よく合う。
  無論是西餐或日式料理,葡萄酒都很適合。

- 経験の有無は問わず、誰でも応募できます。
  不管經驗的有無,誰都可以來應徵。

- パートさん募集中！ 性別、年齢は問いません。
  誠徵兼職人員!任何性別、年齡都歡迎。

2 前面可接用言肯定形及否定形並列的詞。

- 君達がやるやらないを問わず、私は一人でもやる。
  不管你們到底要做還是不做,就算只剩我一個也會去做。

3 用於廣告為求精簡,常省略助詞。

使用於廣告文宣時,常為求精簡而省略助詞,因此有漢字比例較高的傾向。

- 正社員募集。短大卒以上、専攻問わず。
  誠徵正職員工。至少短期大學畢業,任何科系皆可。

ノート

相當於「〜に関係なく」。

ノート

多接在「男女」、「昼夜」等對義的單字後面。

〜を抜きにして（は／も）、は抜きにして

ポイント ①

1 表示沒有前項，後項就很難成立。可譯作「沒有…就不能…」。

2 表示去掉前項事態，作後項動作。可譯作「去掉…」、「停止…」。

---

1 **表示沒有前項，後項就很難成立。**

【體言】＋を抜きにして（は／も）、は抜きにして。表示沒有前項，後項就很難成立。

- 政府の援助を抜きにして、災害に遭った人々を救うことはできない。

  沒有政府的援助，就沒有辦法救出受難者。

- 小堀さんの必死の努力を抜きにして成功することはできなかった。

  倘若沒有小堀先生的拚命努力絕對不可能成功的。

- 領事館の協力を抜きにしては、この調査は行えない。

  沒有領事館的協助，就沒辦法進行這項調查。

2 **表示去掉前項事態，作後項動作。**

- その件を抜きにしても、父を許すことなんかできません。

  就算沒有那件事，也絕不可能原諒父親的。

- 冗談は抜きにして、あそこの会社、ほんとに倒産寸前だってよ。

  不開玩笑，那家公司真的快要倒閉了耶。

ノート

「抜き」是「抜く」的連用形，後轉當名詞用。

ノート

「冗談は抜きにして」省略了「真面目な話をします」等下文。

〜をめぐって（は）、をめぐる

ポイント

1 表示後項行為是針對前項來進行的。可譯作「圍繞著…」、「環繞著…」。

2 後接名詞時，用「〜めぐる＋名詞」。

---

1 表示後項行為是針對前項來進行的。

【體言】＋をめぐって、をめぐる。表示後項的行為動作，是針對前項的某一事情、問題進行的。

- 一夜にして富を手に入れた彼をめぐって、いろいろな噂が流れている。

  有各式各樣的傳言圍繞著一夜致富的他打轉。

- さっき訪ねてきた男性をめぐって、女性たちが噂話をしています。

  女性們談論著剛才來訪的那個男生。

- 足利尊氏と楠正成をめぐっては、時代によって評価が揺れ動いている。

  關於足利尊氏和楠正成，在不同的時代有不同的評價。

ノート

相當於「〜について」、「〜に関して」。

2 後接名詞時，用「〜めぐる＋名詞」。

- 額田王をめぐる二人の皇子の争いは、多くの小説の題材となっている。

  關於額田王的兩位皇子之爭，成為許多小說的寫作題材。

- 首相をめぐる収賄疑惑で、国会は紛糾している。

  關於首相的收賄疑雲，在國會引發一場混亂。

ノート

額田王為七世紀頗富盛名的女歌人，她與兩位皇子的三角關係在歷史上相當有名。

〜をもとに（して／した）

❶ 表示將某事物作為後項的依據、材料或基礎等。
可譯作「以…為根據」、「在…基礎上」。

❷ 用「〜をもとにした」來後接名詞，或作述語
來使用。

---

❶ 表示將某事物作為後項的依據、材料或基礎等。

【體言】＋をもとに（して）。後項的行為、動作是根據或
參考前項來進行的。

ノート

相當於「〜に
基づいて」、
「〜を根拠に
して」。

・**本歌取りとは、有名な古い歌をもとに新しい歌
を作る和歌の技法である。**
所謂的「本歌取」是指運用知名的古老和歌加以創作
新和歌的技法。

・**兄は、仕事で得た経験をもとにして商売を始めた。**
哥哥以他從工作上累積的經驗為基礎，做起生意來了。

・**この映画は、実際にあった話をもとにして制作
された。**
這齣電影是根據真實的故事而拍的。

❷ 用「〜をもとにした」來後接名詞，或作述語來使用。

・**『平家物語』は、史実をもとにした軍記物語で
ある。**
《平家物語》是根據史實所編寫的戰爭故事。

ノート

後接名詞時，
用「〜をもと
に し た ＋ 名
詞」。

・**私の作品をもとにしただと？完全な盗作じゃな
いか！**
竟敢說只是參考我的作品？根本是從頭剽竊到尾啦！

N1
頻出文法を完全マスター

〜あっての

ポイント ①

1 表示因為有前面的事情，後面才能夠存在。可譯作「有了…之後…才能…、沒有…就不能（沒有）…」。

2 也可接「もの、こと」來代替實體。

3 可以跟「〜があってこその」互換。

---

1 表示因為有前面的事情，後面才能夠存在。

【體言】＋あっての＋【體言】。含有後面能夠存在，是因為有前面的條件，如果沒有前面的條件，就沒有後面的結果了。

- お客様あっての商売ですから、お客様は神様です。
  有顧客才有生意，所以要將顧客奉為上賓。

- お願い、捨てないで。あなたあっての私なのよ。
  求求你，千萬別丟下我。沒有你，我根本活不下去呀！

2 也可接「もの、こと」來代替實體。

- 今回の受賞も、先生のご指導あってのことです。
  這回能夠獲獎，一切都要歸功於老師的大力指導。

3 可以跟「〜があってこその」互換。

- 社員あっての（＝があってこその）会社だから、利益は社員に還元するべきだ。
  沒有職員就沒有公司，因此應該將利益回饋到職員身上。

- 有権者あっての（＝があってこその）政治家ですから、有権者の声に耳を傾けるべきです。
  沒有選民的支持就沒有政治家，因此應該好好傾聽選民的聲音。

ノート

相當於「〜あるから成り立つ」、「〜がなければ成り立たない」。

ノート

如果在「沒有前項條件，就沒有後項結果」的前提條件下，可以跟「〜があってこその」互換。

〜うにも〜ない

ポイント ①

1 因為某種客觀的原因，即使想做某事，也難以做到。可譯作「即使想…也不能…」。

2 類義表現：後項也可能不接動詞的可能形否定形。

1 **因為某種客觀的原因，即使想做某事，也難以做到。**

【動詞意向形】＋うにも＋【動詞可能形的未然形】＋ない。表示因為某種客觀的原因，即使想做某事，也難以做到。是一種願望無法實現的說法。

- 携帯電話も財布も忘れて、電話をかけようにもかけられなかった。

  既沒帶手機也忘了帶錢包，就算想打電話也沒有辦法。

- この天気じゃ、出かけようにも出かけられないね。

  依照這個天氣看來，就算想出門也出不去吧。

- 足がすくんでしまって、逃げようにも逃げられなかったんです。

  兩腿發軟，就算想逃也逃不出去。

- 家に帰ってこないので、話そうにも話せない。

  他沒有回家，就是想跟他說也沒辦法。

2 **類義表現。**

後項不一定是接動詞的可能形否定形，也可能接表示「沒辦法」之意的「ようがない」。

- 道具がないので、修理しようにも修理しようがない。

  沒有工具，想修理也沒辦法修理。

ノート

前面要接動詞的意向形，表示想達成的目標。後面接否定的表達方式，可接同一動詞的可能形否定形。

ノート

相當於「〜したいが〜できない」。

ノート

此句後項相當於「修理しようにも修理できない」。

〜が最後、たら最後

ポイント ①

❶ 一旦做了某事，就會產生後面消極的情況。可譯作「一…就必須…」。

❷ 句尾常用可能形的否定。

---

❶ 一旦做了某事，就一定會產生後面消極的情況。

【動詞過去式】＋が最後、たら最後。表示一旦做了某事，就一定會產生後面的情況，或是無論如何都必須採取後面的行動。

- **横領**がばれたが**最後**、**会社**を**首**になった**上**に**妻**は**出**て**行**った。

  盜用公款一事遭到了揭發之後，不但被公司革職，到最後甚至連妻子也離家出走了。

❷ 句尾常用可能形的否定。

- **聞**かれたが**最後**、**生**かしてはおけない。

  既然已經被你聽見了，那就絕對不能留下活口！

- ここをクリックしたら**最後**、もう**元**には**戻**せないから**気**をつけてね。

  要小心喔，按下這個按鍵以後，可就再也沒辦法恢復原狀了。

- この**地**に**足**を**踏**み**入**れたが**最後**、**一生**ここから**出**られない。

  一旦踏進這個地方，就一輩子出不去了。

- あのスナックは**食**べたら**最後**、もう**止**まりません。

  那種零嘴會讓人吃了就還想再吃。

ノート

後面接說話人的意志或必然發生的狀況，且多是消極的結果或行為。相當於「一旦〜したら」、「〜すると、必ず」。

ノート

「たら最後」是更口語的說法。

ノート

跟強調後件將帶來不好的結果的假定說法「（よ）うものなら」（如果…的話）比較的話，「〜が最後」強調確定事實。

～かたわら

ポイント ①

❶ 在做前項主要活動、工作以外，在空餘時間之中還做別的活動、工作。可譯作「一邊…一邊…、同時還…」。

❷ 也有「在身邊、身旁」的意思。

❶ 從事前項主要活動、工作以外，空餘之中還做其他的事。

【體言の：動詞連體形】＋かたわら。表示在做前項主要活動、工作以外，在空餘時間之中還做別的活動、工作。

- 支店長<ruby>支店長<rt>してんちょう</rt></ruby>として多忙<ruby>多忙<rt>たぼう</rt></ruby>を極<ruby>極<rt>きわ</rt></ruby>めるかたわら、俳人<ruby>俳人<rt>はいじん</rt></ruby>としても活動<ruby>活動<rt>かつどう</rt></ruby>している。

  他一邊忙碌於分店長的工作，一邊也以俳人的身分活躍於詩壇。

- プロとして作品<ruby>作品<rt>さくひん</rt></ruby>を発表<ruby>発表<rt>はっぴょう</rt></ruby>するかたわら、ときおり同人誌<ruby>同人誌<rt>どうじんし</rt></ruby>も出<ruby>出<rt>だ</rt></ruby>している。

  他一方面以專業作家的身分發表作品，有時也會在同人誌上投稿刊載。

- 歌手<ruby>歌手<rt>かしゅ</rt></ruby>のかたわら陶芸<ruby>陶芸<rt>とうげい</rt></ruby>にも打<ruby>打<rt>う</rt></ruby>ち込<ruby>込<rt>こ</rt></ruby>んでおり、日展<ruby>日展<rt>にってん</rt></ruby>に入選<ruby>入選<rt>にゅうせん</rt></ruby>するほどだ。

  他不但是歌手，同時也非常投入陶藝，作品甚至入選日本美術展覽會。

- 彼女<ruby>彼女<rt>かのじょ</rt></ruby>は執筆<ruby>執筆<rt>しっぴつ</rt></ruby>のかたわら、あちこちで講演活動<ruby>講演活動<rt>こうえんかつどう</rt></ruby>をしている。

  她一面寫作，一面到處巡迴演講。

❷ 也有「在身邊、身旁」的意思。

- はしゃいでいる妹<ruby>妹<rt>いもうと</rt></ruby>のかたわらで、姉<ruby>姉<rt>あね</rt></ruby>はぼんやりしていた。

  妹妹歡鬧不休，一旁的姊姊卻愣愣地發呆。

ノート

前項為主，後項為輔，且前後項事情大多互不影響。相當於「～一方で、別に」。

～（か）と思いきや

ポイント ①

1 表示按照一般情況推測。可譯作「原以為…、誰知道…」。

2 表示既定事實文末用「た形」。

---

1 表示按照一般情況推測。

【體言；用言終止形】＋（か）と思いきや。表示按照一般情況推測，應該是前項的結果，但是卻出乎意料地出現了後項相反的結果。含有說話人感到驚訝的語感。

- どうせすぐ飽きるだろうと思いきや、もう３ヶ月も続いている。
  還以為他很快就會玩膩了，想不到居然已經堅持三個月了。

- 村田さんと阿部さん、結婚ももうすぐと思いきや、別れたらしい。
  原以為村田先生和阿部小姐很快就要結婚了，沒想到他們好像分手了。

2 表示既定事實文末用「た形」。

- 父は許してくれまいと思いきや、応援すると言ってくれた。
  原本以為父親不會答應，沒料到他竟然說願意支持我。

- さっき出発したかと思いきや、３分で帰ってきた。
  以為他剛出發了，誰知道才過３分鐘就回來了。

- 難しいかと思いきや、意外に簡単だった。
  原以為很困難的，卻出乎意料的簡單。

ノート

本來是個古日語的說法，而古日語如果在現代文中使用通常是書面語，但「～（か）と思いきや」多用在輕鬆的對話中，不用在正式場合。

ノート

後常跟「意外に（も）、なんと」等相呼應。

〜が故（に）、が故の

ポイント ①

1 原因、理由的文言說法。可譯作「因為是…的關係；…才有的…」。

2 使用「故の」時，後面要接名詞。

3 「に」可省略。

---

1 原因、理由的文言說法。

【用言連體形】＋が故（に）、が故の；【體言（の）】＋故（に）、故の。是表示原因、理由的文言說法。

- 電話で話しているときもついおじぎをしてしまうのは、日本人であるが故だ。

  由於身為日本人，連講電話時也會不由自主地鞠躬行禮。

2 使用「故の」時，後面要接名詞。

- 貧しさ故の犯行で、情状酌量の余地がある。

  由於是窮困導致的犯行，可予以酌情減刑。

- 美人には、美人であるが故の悩みがある。

  美女有美女才有的煩惱。

- 事実を知ったが故の苦しみもある。

  有時認清事實，反而會讓自己痛苦。

3「に」可省略。

- 若さ故（に）、過ちを犯すこともある。

  年少也會因輕狂而犯錯。

ノート

書面用語。相當於「〜ので、（の）ため（に）、〜が原因で」。

〜きらいがある

ポイント ①

1 有某種不好的傾向，容易成為那樣的意思。可譯作「有一點…、總愛…」。

2 一般以人物為主語。以事物為主語時，多含有背後為人物的責任。

---

1 表示有某種不好的傾向，容易成為那樣的意思。

【動詞連體形；體言の】＋きらいがある。多用在對這不好的傾向，持批評的態度。而這種傾向從表面是看不出來的，它具有某種本質性的性質。

ノート
書面用語。相當於「〜がちだ」。

- うちの息子はすぐ頭に血が上るきらいがある。
  我家兒子動不動就會暴怒。

- あの政治家は、どうも女性蔑視のきらいがあるような気がする。
  我覺得那位政治家似乎有蔑視女性的傾向。

ノート
常用「どうも〜きらいがある」的形式。

- このごろの若い者は、歴史に学ばないきらいがある。
  近來的年輕人，似乎有不懂得從歷史中記取教訓的傾向。

- 嫌なことがあるとお酒に逃げるきらいがある。
  一旦面臨討厭的事情，總愛藉酒來逃避。

2 以事物為主語時。

一般以人物為主語。以事物為主語時，多含有背後為人物的責任。

- あの新聞は左派寄りのきらいがある。
  那家報紙有偏左派的傾向。

〜きわまりない

ポイント ①

1 形容某事物的程度達到了極限。可譯作「極其…、非常…」。

2 前面常接「残念、失礼、不愉快…」等負面意義的漢語。

1 形容某事物的程度達到了極限。

【形容動詞語幹（なこと）；形容詞連體形（こと）】＋きまわりない。跟「きわまる」一樣。形容某事物達到了極限，再也沒有比這個更為極致了。

- あそこのうちの子ときたら、全く不作法きまわりないんだから。

  説到那家的小孩，實在沒規矩到了極點！

- 彼女に四六時中監視されているようで、わずらわしいこときわまりない。

  女友好像時時刻刻都在監視我，簡直把我煩得要命！

2 前面常接負面意義的漢語。

前面常接「残念、残酷、失礼、不愉快、不親切、不可解、非常識」等負面意義的漢語。

- あと少しだったのに、残念なこときわまりない。

  只差一點點就達成了，真是令人遺憾無比。

- 彼女の対応は、失礼きわまりない。

  她的對應方式，太過失禮了。

- 周囲への配慮を欠いた彼の行為は、不愉快きわまりない。

  他的舉止絲毫沒有考慮身邊人們的感受，委實令人極度不悅。

ノート

這是說話人帶有個人感情色彩的說法。

ノート

相當於「とても〜である」、「たいへん〜である」。

〜ことなしに、なしに

ポイント ①

1 表示沒有做前項應該先做的事，就做後項。可譯作「沒有…、不…而…」。

2 表示沒有做前項的話，後面就沒辦法做到的意思。

---

1 **表示沒有做前項應該先做的事，就做後項。**

【動詞連體形】＋ことなしに ：【體言】＋なしに。接在表示動作的詞語後面，表示沒有做前項應該先做的事，就做後項。

- 何の説明もなしに、いきなり彼女に「もう会わない」と言われた。

  連一句解釋也沒有，女友突然就這麼扔下一句「我不會再跟你見面了」。

- 約束なしに訪ねたが、快く迎えてくれた。

  雖然沒事先約好就前去拜訪，對方仍很爽快接待了我。

- 電話の一本もなしに外泊するなんて、心配するじゃないの。

  連打通電話説一聲都沒有就擅自在外面留宿，家裡怎會不擔心呢！

2 **「ことなしに」表示沒有做前項的話，就無法做到後項。**

這時候，後多接有可能意味的否定表現。

- 人と接することなしに、人間として成長することはできない。

  不與人相處，就無法成長。

- 言葉にして言うことなしに、相手に気持ちを分かってもらうことはできない。

  沒有把心裡的話説出來，對方就無從得知我們的感受。

〜しまつだ

ポイント ①

1 表示經過一個壞的情況，最後落得一個更壞的結果。可譯作「（結果）竟然…、落到…的結果」。

2 「このしまつだ」是慣用表現，表示很無奈「結果會變成這樣」。

N1

1 表示經過一個壞的情況，最後落得一個更壞的結果。

【動詞連體形：この / こんな】＋しまつだ。

- うちの娘ときたら、仕事ばっかりして行き遅れるしまつだ。

  説起我家的女兒呀，只顧著埋首工作，到頭來落得遲遲嫁不出去的老姑娘的下場。

- 酒ばかり飲んで、あげくの果ては奥さんに暴力をふるうしまつだ。

  他成天到晚只曉得喝酒，到最後甚至到了向太太動粗的地步。

- 泥棒に入られて、交通事故に遭って、その上会社まで首になるしまつだ。

  先是家裡遭了小偷，然後又遇上交通意外，到最後還淪落到被公司開除的下場。

- 借金を重ねたあげく、夜逃げするしまつだ。

  在欠下多筆債務後，落得躲債逃亡的下場。

2「このしまつだ」是一種慣用表現。

表示很無奈「結果會變成這樣」。

- 良く考えずに投資なんかに手を出すから、このしまつだ。

  就是因為未經仔細思考就輕易投資，才會落得如此下場。

ノート

前句一般是敘述事情發生的情況，後句帶有譴責意味地，陳述結果竟然發展到這樣的地步。常和「〜てしまう、〜あげく」相呼應。有時候不必翻譯。

ノート

相當於「〜有樣だ」、「〜という悪い結果になった」。

ノート

對導致這種不良的結果的無計畫性，表示無奈。

～ずにはおかない、ないではおかない

ポイント ①

1 接心理、感情等動詞，表示沒辦法靠自己的意志控制，自然地發生某感情。可譯作「不能不…、必須…」。

2 表示一種強烈的情緒、慾望。可譯作「一定要…、勢必…」。

---

1 表示沒辦法靠自己的意志控制，自然地發生某感情。

【動詞未然形】＋ずにはおかない、ないではおかない。由於外部的強力，使得某種行為，沒辦法靠自己的意志控制，自然而然地就發生了，所以前面常接使役形的表現。

ノート
相當於「必ず〜する」、「絶対に〜する」。

• 首相の度重なる失言は、国民を落胆させずにはおかないだろう。

首相一次又一次的失言，教民眾怎會不失望呢？

• この作品は、人々を感動させずにはおかない。
這件作品，教人們怎能不感動呢？

2 表示一種強烈的情緒、慾望。

當前面接的是表示動作的動詞時，則有主動、積極的「不做到某事絕不罷休、後項必定成立」語感。

ノート
語含個人的決心、意志。

• 週末のデート、どうだった？白状させないではおかないよ。

上週末的約會如何？我可不許你不從實招來喔！

• 制裁措置を発動しないではおかない。
必須採取制裁措施。

• 息子がどうして死んだのか、真相を追究せずにおくものか。

我兒子是怎麼死的，怎能不去探究真相呢？

〜そばから

ポイント ①

1 前項剛做完，結果馬上被後項抹殺。可譯作「才剛…就…、隨…隨…」。

相較於「〜とたん（に）」，「〜そばから」常用在反覆進行相同動作。

1 **前項剛做完，結果馬上被後項抹殺。**

【動詞連體形】＋そばから。表示前項剛做完或正在進行，其結果或效果馬上被後項抹殺或抵銷。

- ほら、また！　言ってるそばからこぼすんじゃないよ。
  瞧，又來了！怎麼話才說完，又掉得滿地都是了啦！

- 稼ぐそばから使ってしまうなんて。お金はわいて出るもんじゃないのよ。
  才剛賺到手又花掉了！錢可不是會自己冒出來的東西耶！

- 並べたそばから売れていく絶品のスイーツなのです。
  這是最頂級的甜點，剛陳列出來就立刻銷售一空。

- 片付けるそばから、子どもが散らかす。
  我才剛收拾好，小孩子就又弄得亂七八糟。

- ドーナツを揚げているそばから、子どもがつまみ食いする。
  我才炸好甜甜圈，孩子就偷吃。

ノート
大多用在不喜歡的事情。

ノート
相當於「〜たと思ったらすぐに〜」、「〜するすぐあとから」。

ノート
跟單純地表示前項結束的瞬間發生了後項的「〜とたん（に）」相比，「〜そばから」常用在反覆進行相同動作的場合。「〜とたんに」用法請參考本書第133頁。

～たところで～ない

ポイント ①

1 表示即使前項成立，後項的結果也是與預期相反。可譯作「即使…也不…、雖然…但不」。

後項多為說話人主觀的判斷。

---

1 表示即使前項成立，後項的結果也是與預期相反。

【動詞連體形】＋たところで～ない。接在動詞過去式之後，表示即使前項成立，後項的結果也是與預期相反，無益的、沒有作用的，或只能達到程度較低的結果，所以句尾也常跟「無駄、無理」等否定意味的詞相呼應。後項多為說話人主觀的判斷。

ノート

相當於「たとえ～しても」。

- 今から勉強したところで、受かるはずもない。
  就算從現在開始用功讀書，也不可能考得上。

- どんなに悔やんだところで、もう取り返しがつかない。
  就算再怎麼懊悔，事情也沒辦法挽回了。

ノート

句首也常與「どんなに、何回、いくら、たとえ」相呼應表示強調。

- 何回言ったところで、どうしようもないよ。
  任憑說了多少次，也是沒用的啦！

- いくら急いだところで、8時には着きそうもない。
  無論再怎麼趕路，都不太可能在八點到達吧！

- 応募したところで、採用されるとは限らない。
  即使去應徵了，也不保證一定會被錄用。

〜たりとも

❶ 強調最低數量也不能允許，不容忽視。可譯作
「那怕…也不（可）…」。

❷ 後面也常跟表示禁止的「な、ず」相呼應，表
示呼籲、告誡的口吻。

❶ 強調最低數量也不能允許，不容忽視。

【體言】＋たりとも。前接「一＋助數詞」的形式，表示
最低數量的數量詞，強調最低數量也不能允許，或不允
許有絲毫的例外。

- ご恩は一日たりとも忘れたことはありません。
  您的大恩大德我連一天也不曾忘記。

- 国民の血税は、一円たりとも無駄にはできない。
  國民的血汗稅金，就算是一塊錢也不可以浪費。

- 1匹たりとも逃がすことはできない。
  即使一匹也不能讓牠跑掉。

- 1個たりとも渡すわけにはいかない。
  一個也不能給你。

❷ 有呼籲、告誡的口吻。

後面也常跟表示禁止的「な、ず」相呼應，表示呼籲、告
誡的口吻。

- 何人たりとも立ち入るべからず。
  無論任何人都不得擅入。

ノート

是一種強調性
的全盤否定的
說法，所以後
面多接否定的
表現。書面用
語。也用在演
講、會議等場
合。

ノート

相當於「たと
え〜であって
も」、「〜で
も〜ない」。

ノート

「何人たりと
も」為慣用
表現，表示
「不管是誰都
…」。

～たる（者^{もの}）

ポイント ①

1 表示斷定或肯定的判斷。可譯作「作為…的…」。

為書面用語。

---

1 **表示斷定或肯定的判斷。**

【體言】＋たる（者）。前接高評價的事物、高地位的人、國家或社會組織，表示照社會上的常識、認知來看，應該會有合乎這種身分的影響或做法，所以後常和表示義務的「～べきだ、～なければならない」等相呼應。

- 男^{おとこ}たる者^{もの}、こんなところで引^ひき下^さがるか。
  身為男子漢，面臨這種時刻怎麼可以退縮不前呢？

- 彼^{かれ}はリーダーたる者^{もの}に求^{もと}められる素質^{そしつ}を備^{そな}えている。
  他擁有身為領導者應當具備的特質。

- 企業経営者^{きぎょうけいえいしゃ}たる者^{もの}には的確^{てきかく}な判断力^{はんだんりょく}が求^{もと}められる。
  作為一個企業的經營人，需要有正確的判斷力。

- 私^{わたし}に言^いわせれば、香^{かお}りこそドリアンの果物^{くだもの}の王^{おう}たるゆえんである。
  依我的看法，那股香氣正是榴槤成為水果之王的理由。

- 万物^{ばんぶつ}の創造主^{そうぞうしゅ}たる神^{かみ}の御前^{みまえ}では、王^{おう}もこじきもありません。
  在造萬物之主的至聖之神面前，不分國王和乞丐，全都一律平等。

ノート

「たる」給人有莊嚴、慎重、誇張的印象。書面用語。

ノート

相當於「～である以上、～の立場にある」。

ノート

跟表示名聲較高的人或機構做出的事與身份不符的「～ともあろう者が」（身為…卻）相比，「たる（者）」是表示斷定或肯定的判斷。

～てからというもの（は）

ポイント ①

1 表示以前項行為或事件為契機，從此以後有了很大的變化。可譯作「自從…以後一直、自從…以來」。

2 相較於「～て以来」（之後），「～てからというもの」含有說話人內心喜怒哀樂的感情呈現。

---

1 表示以前項為契機，從此以後有了很大的變化。

【動詞連用形】＋てからというもの（は）。表示以前項行為或事件為契機，從此以後有了很大的變化。

- 核実験を行ってからというもの、国際社会の反発が高まっている。
  自從進行核爆測試以後，國際社會的反對聲浪益發高漲。

- 子どもを病気で亡くしてからというものは、すっかり気落ちしている。
  自從小孩因病過世以後，他變得非常沮喪。

- 肝臓を悪くしてからというものは、お酒は控えている。
  自從肝功能惡化以後，他就盡量少喝酒了。

2 含有說話人內心喜怒哀樂的感情。

跟客觀的、無感情的「～て以来」（之後）相比，「～てからというもの」含有說話人內心喜怒哀樂的感情呈現。

- 高校を中退してからというもの、彼はすっかり付き合いが悪くなった。
  他從高中中輟之後，變得完全不與人來往了。

- オーストラリアに赴任してからというもの、家族とゆっくり過ごす時間がない。
  自從到澳洲赴任以後，就沒有時間好好跟家人相處了。

ノート

用法、意義跟「～てからは」大致相同。書面用語。

ノート

相當於「～してから、ずっと」。

ポイント ①

1 表示感嘆、感動，或發怒的對象。可譯作「難道不是…嗎、不是…又是什麼呢」。

含有說話人主觀感受。

---

1 **表示感嘆、感動，或發怒的對象。**

【體言】＋でなくてなんだろう。用一個抽象名詞，帶著感情色彩述說「這個就可以叫做…」的表達方式。這個句型是用反問「這不是…是什麼」的方式，來強調出「這正是所謂的…」的語感。

- またこんなものを買って、これが<ruby>無駄遣<rt>むだづか</rt></ruby>いでなくてなんなのよ。

  你又買了這種東西！假如這不叫亂花錢，那又是什麼呢？

- <ruby>二人<rt>ふたり</rt></ruby>は<ruby>出会<rt>であ</rt></ruby>った<ruby>瞬間<rt>しゅんかん</rt></ruby>、<ruby>恋<rt>こい</rt></ruby>に<ruby>落<rt>お</rt></ruby>ちた。これが<ruby>運命<rt>うんめい</rt></ruby>でなくてなんだろう。

  兩人在相遇的剎那就墜入愛河了。如果這不是命中注定，又該說是什麼呢？

- これが<ruby>恩人<rt>おんじん</rt></ruby>に<ruby>対<rt>たい</rt></ruby>する<ruby>裏切<rt>うらぎ</rt></ruby>りでなくてなんだろう。

  假如這不叫背叛恩人，那又叫做什麼呢？

- <ruby>根<rt>ね</rt></ruby>も<ruby>葉<rt>は</rt></ruby>もないのに、こんな<ruby>記事<rt>きじ</rt></ruby>を<ruby>書<rt>か</rt></ruby>くなんて、<ruby>捏造<rt>ねつぞう</rt></ruby>でなくてなんだろう。

  根本無憑無據，竟然寫出這樣的報導，這不是捏造又叫做什麼呢？

- これが<ruby>幸<rt>しあわ</rt></ruby>せでなくてなんだろう。

  這難道不就是所謂的幸福嗎？

ノート

常見於小說、隨筆之類的文章中。含有主觀的感受。

ノート

相當於「～のほかのものではない、これこそ～そのものである」。

ノート

跟類義語的「そのものだ」（簡直是）相比較一下，「でなくてなんだろう」更帶有說話人感嘆、感動的感情色彩。

〜ではあるまいし

ポイント ①

1 表示理由、原因。因為不是前項的情況，後項當然就…。可譯作「又不是…、也並非…」。

2 用來打消對方的不安或擔心。

---

1 表示理由、原因。

【體言】＋ではあるまいし。表示理由、原因。

- 実の親でもあるまいし、おしゅうとめさんの介護をするなんて偉いね。

  又不是自己的母親，能願意照顧生病的婆婆，實在太偉大了！

2 用來打消對方的不安或擔心。

「因為不是前項的情況，後項當然就…」，後面多接說話人的判斷、意見跟勸告等。

- 知らなかったわけじゃあるまいし、今さら何を言うんだ。

  我又不是不知道來龍去脈，事到如今還有什麼好辯解的？

- （痴漢の言い訳）ちょっと触ったくらいで何だ、減るもんじゃあるまいし。

  （色情狂的說詞）只不過輕輕碰了一下，又不會死人！

- 世界の終わりではあるまいし、そんなに悲観する必要はない。

  又不是到了世界末日，不必那麼悲觀。

- 子どもじゃあるまいし、これぐらい分かるでしょ。

  又不是小孩，這應該懂吧！

ノート

雖然表達方式比較古老，但也常見於口語中，更口語的說法為「じゃあるまいし」。一般不用在正式的文章中。

ノート

相當於「〜ではないのだから、〜でもないのだから」。

ポイント ①

1 由於前項特殊的原因，當然就會出現後項特殊的情況。可譯作「由於…（的關係）」。

2 由於前項特殊的原因，後項應該採取的行動。

3 文末不能接表示意志、推量的說法。

---

1 由於前項特殊的原因，當然就會出現後項特殊的情況。

【用言終止形；體言】＋とあって。表示理由、原因。

- 人気バンドが初めて来日するとあって、空港にはファンが詰め掛けた。

  由於這支當紅樂團是首度來到日本，前來接機的歌迷擠爆了機場。

2 由於前項特殊的原因，後項應該採取的行動。

- ほかならぬ山辺先生に頼まれたとあっては、断るわけにはいきませんね。

  既然是山邊老師的特意央託，我總不能拒絕吧？

3 文末不接意志、推量的說法。

- 特売でこんなに安いとあっては、デパートが混まないはずはありません。

  特賣的價格那麼優惠，百貨公司怎麼可能不擠得人山人海呢？

- 年頃とあって、最近娘はお洒落に気を使っている。

  因為正值妙齡，女兒最近很注重打扮。

- サミットが開催されるとあって、空港の警備が強化されています。

  由於高峰會即將舉行，機場也提高了安全戒備。

ノート

書面用語，常用在報紙、新聞報導中。

ノート

相當於「〜であるから、〜ということで、〜だけあって」。

ノート

文末不能接「〜でしょう、〜かもしれない、〜つもりだ、〜たい、（よ）う」等表示意志、推量的說法。

～といい～といい

ポイント ①

1 表示列舉。可譯作「不論…還是」。

2 含有不只是所舉的這兩個例子，還有其他也如此之意。

---

1 表示列舉。

【體言】＋といい＋【體言】＋といい。為了做為例子而舉出兩項，後項是對此做出的評價。

- 鼻といい口元といい、この子ったらお父さんにそっくり。

  不管是鼻子也好、嘴巴也好，這孩子和爸爸長得一模一樣！

- スミスさんといいジョンソンさんといい、本当によくしてくれた。

  包括史密斯先生也好、強森先生也好，他們待我都非常親切。

2 含有不只是所舉的這兩個例子，還有其他也如此之意。

- 品質といい、お値段といい、お買い得ですよ。

  不論品質也好、價格也好，保證買到賺到喔！

- 娘といい、息子といい、全然家事を手伝わない。

  女兒跟兒子，都不幫忙做家事。

- ドラマといい、ニュースといい、テレビは少しも面白くない。

  不論是連續劇，還是新聞，電視節目一點都不有趣。

ノート

用在批評和評價的場合，帶有吃驚、灰心、欽佩等語氣。

ノート

相當於「～も～も」。

ノート

與全體為焦點的「といわず～といわず」（不論是…還是）相比，「といい～といい」的焦點聚集在所舉的兩個事物上。

～というところだ、といったところだ

ポイント ①

1 表示頂多也只有提及的數目而已。可譯作「頂多…」。

2 說明在某階段的大致情況或程度。可譯作「可說…差不多」。

3 「～ってとこだ」為口語用法。

---

1 表示頂多也只有文中所提的數目而已。

【用言終止形；體言】＋というところだ、といったところだ。接在數量不多或程度較輕的詞後面，表示頂多也只有文中所提的數目而已，最多也不超過文中所提的數目。

- お酒を飲むのは週に２、３回というところです。

  喝酒頂多是一個星期兩三次而已吧。

- 今の給料は自分一人ならやっと生活できるといったところです。

  目前的薪水頂多只夠一個人餬口而已。

2 說明在某階段的大致情況或程度。

- 私と彼は友達以上恋人未満というところだろう。

  我想我跟他的關係可説是比朋友親，但還稱不上是情侶吧！

- 数学の試験はギリギリセーフといったところでした。

  數學考試差不多在及格邊緣。

3 「～ってとこだ」為口語用法。

- 「どう、このごろ調子？」「まあまあってとこだね。」

  「怎樣，最近還好吧？」「算是普普通通啦。」

是自己對狀況的判斷跟評價。

相當於「だいたい～ぐらい」。

～といえども

ポイント ①

1 表示逆接轉折。可譯作「即使…也…、雖說…可是…」。

1 表示逆接轉折。

【體言；用言終止形】＋といえども。先承認前項是事實，但後項並不因此而成立。也就是一般對於前項這人事物的評價應該是這樣，但後項其實並不然的意思。有時候後項與前項內容相反。

▪ 家族といえども、言っていいことと悪いことがある。
　雖說是一家人，也必須拿捏說話的分寸。

▪ 「まさか、先生がそんなことをするなんて。」
　「教師といえども人間だよ。」
　「不會吧，老師怎麼可能會做那種事呢？」「就算身為教師，畢竟也是凡人呀。」

▪ 子どもといえども容赦はしないぞ。
　即便是小孩子也絕不輕易原諒喔！

▪ いくらこの病気は進行が遅いといえども、放っておくと命取りになる。
　即便這個病的進程發展得很慢，要是置之不理仍然會危及性命。

▪ 計画に同意するといえども、懸念していることがないわけではありません。
　儘管已經同意進行計畫，但並非可以高枕無憂。

ノート
一般用在正式的場合。另外，也含有「～ても、例外なく全て～」的強烈語感。

ノート
相當於「～だって、～と言っても」。

ノート
前面常和「たとえ、いくら、いかに」等相呼應。

〜といったらない

ポイント ①

1 表示程度是最高的，無法形容的。可譯作「…極了、…到不行」。

2 文法補充：「〜といったら」表示無論誰說什麼，都絕對要進行後項的動作。

---

1 表示程度是最高的，無法形容的。

【形容終止形；體言】＋といったらない。先提出一個討論的對象，強調某事物的程度是極端到無法形容的。

- **あのときはうれしいといったらなかった。**
  説起那時候的狂喜，簡直無法以筆墨形容。

- **娘の花嫁姿の美しいことといったらなかった。**
  再沒有比女兒披上嫁衣的模樣更美麗動人的了。

- **阿里山で日の出を見たときの感動といったらなかった。**
  説起在阿里山看到日出的瞬間，真是感動得不得了。

2 「〜といったら」表示無論如何都要進行後項。

【用言終止形；體言】＋といったら。前後常用意思相同或完全一樣的詞，表示意志堅定，是一種強調的說法。

- **やるといったら絶対にやる。死んでもやる。**
  一旦決定了要做就絕對要做到底，即使必須拚死一搏也在所不辭。

- **あきらめないといったら、何が何でもあきらめません。**
  一旦決定不半途而廢，就無論如何也決不放棄。

ノート
後接對此產生的感嘆、吃驚、失望等感情表現。正負評價都可使用。

ノート
相當於「とても〜だ」。

ノート
正負評價都可使用。

ノート
相當於「誰がなんと言おうと」。

〜と言わんばかりに、とばかりに

ポイント ①

1 表示「看那樣子簡直像是…」的意思。

2 幾乎要說出來，雖然沒有說出來，但是從表情、動作上已經表現出來了。可譯作「簡直就像…、顯出…的神色、幾乎要說…」。

1 表示「看那樣子簡直像是…」的意思。

【簡體句；體言】＋と言わんばかりに、とばかりに。表示「看那樣子簡直像是…」的意思。

- 歌手が登場すると、待ってましたとばかりに盛大な拍手がわき起こった。

  歌手一出場，全場立刻爆出了如雷的掌聲。

- 今がチャンスとばかりに、持ち株を全て売った。

  看準了大好時機，賣掉了所有持股。

- 相手がひるんだのを見て、ここぞとばかりに反撃を始めた。

  看見對手一畏縮，便抓準時機展開反擊。

ノート

後項多為態勢強烈或動作猛烈的句子。常用來描述別人。

2 雖然沒說出來，但從表情、動作上已經表現出來了。

幾乎要說出來，雖然沒有說出來，但是從表情、動作上已經表現出來了。

- それじゃあまるで全部おれのせいと言わんばかりじゃないか。

  照你的意思，不就簡直在說這一切都怪我不好嗎？

- 容疑者は、被害者は自分だと言わんばかりに言い訳を並べ立てた。

  嫌犯拚命辯解，簡直把自己講成是被害人了。

～と～（と）が相まって、～が／は～と相まって

ポイント ①

1 表示加上前項這一特別的事物，產生更加有力的效果。可譯作「…加上…、與…相結合、與…相融合」。

後項大都是好的結果。

---

1 表示加上前項這一特別的事物，產生更加有力的效果。

【體言】＋と＋【體言】＋（と）が相まって。表示某一事物，再加上前項這一特別的事物，產生了更加有力的效果之意。

- 喜びと驚きが相まって、言葉が出てこなかった。
  驚喜交加，讓我說不出話來。

- ストレスと疲れが相まって、寝込んでしまった。
  壓力加上疲勞，竟病倒了。

- 奇抜なストーリーが絵柄の美しさと相まって、今大人気のマンガです。
  在引人入勝的故事情節與絕美屏息的圖畫相輔相成之下，這部漫畫目前廣受讀者的瘋狂喜愛。

- 日本の風土が日本人の美意識と相まって、俳句という文学を生み出した。
  在日本的風土與日本人的美學意識兩相結合之下，孕育出所謂的俳句文學。

- 彼女の美貌は、優雅な立ち居振る舞いと相まって、私の目を引き付けた。
  她妍麗的姿容加上優雅的舉手投足，深深吸引了我的目光。

ノート

書面用語，也用「～とあいまって」的形式。

ノート

相當於「～と一緒になって、～と影響し合って」。

ノート

不好的結果用「とからむ」（跟…糾纏在一起）。

ポイント ①

1 表示提起話題，對話題中的人或事進行批評。
可譯作「說到…來、提起…來」。

1 表示提起話題，對話題中的人或事進行批評。

【體言】＋ときたら。表示提起話題，說話人帶著譴責和不滿的情緒，對話題中的人或事進行批評，後也常接「あきれてしまう、嫌になる」等詞。

・お隣ときたら、奥さんは失礼だし子どもは乱暴だし、もう引っ越したい。

説到隔壁那戶鄰居真是無言，太太沒禮貌、小孩又粗魯，我真想搬家呀。

・このポンコツときたら、また修理に出さなくちゃ。

説到這部爛車真是氣死人了，又得送去修理了。

・うちの子ときたら、野球ばっかりで勉強はちっともしないんですよ。

説到我們家這孩子實在氣人，成天只曉得打棒球，功課全拋到腦後。

・部長ときたら朝から晩までタバコを吸っている。

説到我們部長，一天到晚都在抽煙。

・あの連中ときたら、いつも騒いでばかりいる。

説起那群傢伙呀，總是吵鬧不休。

ノート

批評對象一般是說話人身邊，關係較密切的人物或事。用於口語。有時也用在自嘲的時候。

ノート

與「～といったら」相比，「～ときたら」用在譴責和不滿的情緒，如果後項要接好的事態，要用「～といったら」。

〜とは

ポイント ①

1 表示對某個事實，感到吃驚或感慨的心情。可譯作「竟然會…」。

2 表示後項對前項主題的特徵等進行定義。可譯作「所謂…」。

---

1 **表示對某個事實，感到吃驚或感慨的心情。**

【用言終止形；體言】＋とは。由格助詞「と」＋係助詞「は」組成，表示對看到或聽到的事實（意料之外的），感到吃驚或感慨的心情。

- 不景気がこんなに長く続くとは、専門家も予想していなかった。

  景氣會持續低迷這麼久，連專家也料想不到。

>
> ノート
> 前項是已知的事實，後項是表示吃驚的句子。

- こともあろうに、入試の日に電車が事故で止まるとは。

  誰會想到，偏偏就在入學大考的那一天電車發生事故而停駛了。

> ノート
> 有時會略省後半段，單純表現出吃驚的語氣。

- まさか、あんなまじめな人が殺人犯なんて。

  真沒想到，那麼認真的老實人居然是個殺人凶手！

>
> ノート
> 口語可用「〜なんて」。

2 **表示後項對前項主題的特徵等進行定義。**

前接體言，也表示定義，前項是主題，後項對這主題的特徵等進行定義。

- 幸せとは、今目の前にあるものに感謝できることかな。

  我想，所謂的幸福，就是能由衷感激眼前的事物吧！

>
> ノート
> 相當於「〜ということ、ものは」。

- ねえ、「クラウド」って何？ネットの用語みたいだけど？

  我問你，什麼叫「雲端」啊？聽說那是一種網路術語哦？

>
> ノート
> 口語可用「〜って」。

〜とはいえ

ポイント ①

1 表示逆接轉折。後項的說明，是對前項既定事實的否定或是矛盾。可譯作「雖然…但是…」。

後項一般為說話人的意見、判斷的內容。

---

1 **表示逆接轉折。**

【體言；用言終止形】＋とはいえ。前後句是針對同一主詞所做的敘述，表示先肯定那事雖然是那樣，但是實際上卻是後項的結論。後項一般為說話人的意見、判斷的內容。

ノート
也就是後項的說明，是對前項既定事實的否定或是矛盾。書面用語。

ノート
相當於「〜と言っても、〜けれども」。

- いくら元気で健康とはいえ、お父さんもう 80 歳だよ。

  雖說依然精神矍鑠、身體硬朗，畢竟父親已經八十歲了呀。

- 就職したとはいえ、今の給料じゃ食べていくのがやっとだ。

  雖然已經有工作了，目前的薪水頂多只夠勉強餬口罷了。

- 母親を殺したとはいえ、動機には同情の余地がある。

  儘管他殺了母親，但其動機堪稱同情。

- 難しいとはいえ、「無理」だとは思わない。

  雖然說困難，但我想也不是說不可能。

- マイホームとはいえ、20 年のローンがある。

  雖說是自己的房子，但還有 20 年的貸款要付。

～ともなく、ともなしに

ポイント ①

1 前接疑問詞時，則表示意圖不明確的意思。

2 並不是有心想做後項，卻發生了後項的情況。
可譯作「無意地、下意識的、不知…、無意中…」。

---

1 表示意圖不明確。

【疑問詞】＋ともなく、ともなしに。前接疑問詞時，則表示意圖不明確的意思。

- 不思議な老人の姿は、どこへともなくかき消えました。

  那位奇妙的老者，就此消失無蹤了。

- 誰からともなく、野球チームを作ろうと言い出した。

  不曉得是誰先說的，有人提議組成一支棒球隊。

- 二人は、どちらからともなく手を差し出し、固く握り合った。

  兩人幾乎不約而同地伸出手來，緊緊地握住了彼此。

2 並不是有心想做後項，卻發生了後項的情況。

【動詞終止形】＋ともなく、ともなしに。表示並不是有心想做後項，卻發生了後項的情況。

- 電話をかけるともなしに、受話器を握りしめている。

  也沒有要打電話的意思，只是握著電話筒。

- 彼女は、さっきから見るともなしに雑誌をぱらぱらめくっている。

  她從剛才就漫不經心地，啪啦啪啦地翻著雜誌。

ノート

也就是無意識地做出某種動作或行為。相當於「何となく」、「特に～する気もなく」。

〜と（も）なると、と（も）なれば

1 如果發展到某程度，用常理來推斷，理所當然導向某種結論。可譯作「要是…那就…」。

2 文末也常接推測表現的「だろう」。

1 **如果發展到某程度，用常理推斷，理所當然導向某種結論。**

【體言；動詞終止形】＋と（も）なると、と（も）なれば。
前接時間、職業、年齡、作用、事情等名詞或動詞，表示
如果發展到某程度，用常理來推斷，就會理所當然導向某
種結論。

後項多是與前項狀況變化相應的內容。

- 交渉が決裂したとなると、マスコミが騒ぎ出すぞ。
  一旦談判破裂，勢必會引發傳媒的瘋狂報導喔！

相當於「〜になると、やはり〜」。

- 転勤となると、引っ越しやら業務の引継ぎやら、面倒でかなわないなあ。
  一旦被派往外地工作，就得忙著搬家啦、業務交接啦等等的，真是麻煩透頂啊。

- ストライキとなれば、お客様に迷惑がかかる。
  一旦演變成罷工事件，將會造成顧客的困擾。

- 12時ともなると、さすがに眠たい。
  到了 12 點，果然就會想睡覺。

2 **文末推測表現。**

文末也常接推測表現的「だろう」。

- 首相ともなれば、いかなる発言にも十分注意が必要だ（／だろう）。
  如果當了首相，對於一切的發言就要十分謹慎（吧）。

〜ないまでも

ポイント ①

1 表示雖然沒有做到前面的地步，但至少要做到後面的水準的意思。可譯作「沒有…至少也…」。

2 帶有「せめて、少なくとも」等感情色彩。

---

1 **表示雖然未到前項的地步，但仍做到後項的水準。**

【體言で；用言未然形】＋ないまでも。前接程度比較高的，後接程度比較低的事物。表示雖然沒有做到前面的地步，但至少要做到後面的水準的意思。

- 毎日ではないまでも残業がある。
  雖説不是每天，有時還是得加班。

2 **「せめて、少なくとも」。**

帶有「せめて、少なくとも」等感情色彩。

- そうは言わないまでも、せめてもう少しなんとかしてほしい。
  雖説沒要求到那個地步，至少希望做一些補救措施。

- プロ並みとは言えないまでも、なかなかの腕前だ。
  雖説還不到專業的水準，已經算是技藝高超了。

- 取り立ててきれいではないまでも、不細工というわけではない。
  雖然並沒有特別漂亮，也不致於算是醜陋。

- おいしくないまでも、食べられないことはない。
  雖然不太好吃，還不致於令人食不下嚥。

ノート

是一種從較高的程度，退一步考慮後項實現問題的辦法等。後項多為表示義務、命令、意志、希望等内容。

ノート

相當於「〜ほどではないが、〜まではできないが」。

〜ないものでもない、なくもない

1 **表示依情勢發展，有可能會變成那樣、可以那樣做。**

【動詞未然形】＋ないものでもない、なくもない。用雙重否定表示依後續周圍的情勢發展，有可能會變成那樣、可以那樣做的意思。是一種消極肯定的表現方法。

- そこまで言うのなら、やってあげないものでもないよ。

  既然都說到這個份上了，我也不是不能幫你一把啦。

- 彼の言い分も分からないものでもない。

  他所說的話也不是不能理解。

- この量なら1週間で終わらせられないものでもない。

  以這份量來看，一個禮拜也許能做完。

- お酒は飲まなくもありませんが、月にせいぜい２、３回です。

  也不是完全不喝酒，但頂多每個月喝兩三次吧。

- 日本語はできなくもない。

  不算是不會說日語。

ノート

用較委婉的口氣敘述不明確的可能性。多用在表示個人的判斷、推測、好惡等。語氣較為生硬。

ノート

相當於「〜しないわけではない、〜することもあり得る」。

〜なくして（は）〜ない

ポイント

1 表示假定的條件。可譯作「如果沒有…就不…」。

前接備受盼望的名詞，後接否定意義的句子。

---

1 表示假定的條件。

【體言；動詞連體形こと（名詞句）】＋なくして（は）〜ない。表示假定的條件。表示如果沒有前項，後項的事情會很難實現或不會實現。前接一個備受盼望的名詞，後項使用否定意義的句子（消極的結果）。

- 愛なくして人生に意味はない。
  如果沒有愛，人生就毫無意義。

- （アメリカ独立戦争のときのスローガン）代表なくして課税なし。
  （美國獨立戰爭時的口號）無代表，不納稅。

- 対話なくしては、問題の解決は難しい。
  假如雙方沒有對話，問題就很難解決了。

- 話し合うことなくして、分かりあえることはないでしょう。
  雙方沒有經過深入詳談，就不可能彼此了解吧！

- あなたなくしては、生きていけません。
  失去了你，我也活不下去。

ノート

書面用語，口語用「〜がなければ、〜がなかったら」。

～ならでは（の）

ポイント ①

1 對某人事物的讚嘆。可譯作「正因為…才有（的）」。

2 「ならではの」後接的是名詞，就是稱讚的對象。

3 置於句尾的「ならではだ」，表示肯定之意。

1 表示對前項某人事物的讚嘆。

【體言】＋ならでは（の）。含有如果不是前項，就沒有後項，正因為是這人事物才會這麼好。

- マンゴーなんて、南国台湾ならではだね。
  説起芒果，就屬南方國度台灣出產的品質最好唷！

2 稱讚的對象。

「ならではの」後接的是名詞，就是稱讚的對象。

- 田舎ならではの人情がある。
  若不是在鄉間，不會有如此濃厚的人情味。

- これは子どもならでは描けない味のある絵だ。
  這是只有小孩子才畫得出如此具有童趣的圖畫呀！

- 決勝戦ならではの盛り上がりを見せている。
  比賽呈現出決賽才會有的激烈氣氛。

3 表示肯定。

置於句尾的「ならではだ」，表示肯定之意。

- こんなにホッとできるのは、幼なじみならではだ。
  只有青梅竹馬，才能叫人如此安心自在。

ノート

是一種高度評價的表現方式，所以在商店的廣告詞上，有時可以看到。而「～ならでは～ない」的形式，強調「若不是…是不…」的意思。

ノート

相當於「～でなくては（できない）、～だけの、～以外にはない」。

〜なりに、なりの

ポイント ①

1 表示某人或某事物相適應的。可譯作「那般…（的）」。

2 用種謙遜的態度敘述某事時，多用「私なりに」等。

---

1 表示某人或某事物相適應的。

【體言】＋なりに、なりの。表示根據話題中人切身的經驗、個人的能力所及的範圍，含有承認前面的人事物有欠缺或不足的地方，在這基礎上，依然盡可能發揮或努力地做後項與之相符的行為。

ノート
多有正面的評價的意思。

- あの子はあの子なりに一生懸命やっているんです。
  那個孩子盡他所能地拼命努力。

- 赤ちゃんでも、赤ちゃんなりのコミュニケーション能力を持っている。
  即便是嬰兒，也具有嬰兒自己的溝通能力。

ノート
用「なりの＋名詞」時，後面的名詞，是指與前面相符的事物。

- この件については私なりの考えがある。
  關於這件事，我有我自己的看法。

2 常用「私なりに」等表示謙遜或禮貌敘述某事。

要用種謙遜、禮貌的態度敘述某事時，多用「私なりに」等。

- 弊社なりに誠意を示しているつもりです。
  我們認為敝社已示出誠意了。

- 私なりに最善を尽くします。
  我會盡我所能去做。

～に（は）当<ruby>当<rt>あ</rt></ruby>たらない

ポイント ①

1 表示沒有必要做某事。可譯作「不必…、用不著…」。

2 接名詞時，表示「不相當於…」。

3 對對方的過度反應，表示那是不恰當的。

---

1 表示沒有必要做某事。

【動詞終止形】＋に（は）当たらない。接動詞終止形時，表示沒有必要做某事，那樣的反應是不恰當的。

- どうせそうなると思<ruby>思<rt>おも</rt></ruby>っていたよ。驚<ruby>驚<rt>おどろ</rt></ruby>くには当<ruby>当<rt>あ</rt></ruby>たらないさ。

  我就知道事情一定會變成這樣的啦！沒什麼好驚訝的。

- あの状況<ruby>状況<rt>じょうきょう</rt></ruby>ではやむを得<ruby>得<rt>え</rt></ruby>ないだろう。責<ruby>責<rt>せ</rt></ruby>めるには当<ruby>当<rt>あ</rt></ruby>たらない。

  在那種情況之下，也是迫不得已的吧。不應該責備他。

2 接名詞時，表示「不相當於…」。

【體言】＋に（は）当たらない。

- 漢字<ruby>漢字<rt>かんじ</rt></ruby>があるのを平仮名<ruby>平仮名<rt>ひらがな</rt></ruby>で書<ruby>書<rt>か</rt></ruby>いたくらい、間違<ruby>間違<rt>まちが</rt></ruby>いには当<ruby>当<rt>あ</rt></ruby>たらないでしょう？

  就算把有漢字的字詞寫成了平假名，也用不著當成是錯字吧？

3 對對方的過度反應，表示那是不恰當的。

- こんなくだらない問題<ruby>問題<rt>もんだい</rt></ruby>は討論<ruby>討論<rt>とうろん</rt></ruby>するに当<ruby>当<rt>あ</rt></ruby>たらない。

  用不著討論這種毫無意義的問題。

- その程度<ruby>程度<rt>ていど</rt></ruby>のことはいじめには当<ruby>当<rt>あ</rt></ruby>たらないと思<ruby>思<rt>おも</rt></ruby>う。

  那種程度的事情，我想並不足稱凌霸。

ノート

常用在說話人對於某事評價較低的時候，多接「賞賛する、感心する、驚く」等詞之後。

ノート

相當於「～しなくてもいい、～する必要はない」。

〜に即して、に即した

ポイント ①

1 表示按照前項,來進行後項。可譯作「正如…,按照…」。

2 常接「実験、実態、事実、現実、自然、流れ」等名詞後面。

---

1 表示按照前項,來進行後項。

【體言】＋に即して、に即した。「即す」是「完全符合,不脫離」之意,所以「に即して」表示「正如…,按照…」之意。

- 実験結果に即して考える。
  根據實驗結果來思考。

ノート
相當於「〜に合わせて」。

2 一般接事實、體驗相關詞。

常接「時代、実験、実態、事実、現実、自然、流れ」等名詞後面。

- 時代に即した新たなシステム作りが求められている。
  渴望能創造出符合時代需求的新制度。

- 自然に即した自給自足の生活を送りたいものだ。
  真希望能過著符合大自然運行的自給自足生活啊!

- 実態に即して戦略を練り直す必要がある。
  有必要根據現狀來重新擬定戰略。

- 子どものレベルに即した授業をしなければ、意味がありません。
  授課內容若未配合孩子的程度就沒有意義。

ノート
如果後面出現名詞,一般用「〜に即した＋(形容詞／形容動詞)名詞」的形式。

〜にひきかえ

ポイント ①

1 比較兩個相反或差異性很大的事物。可譯作「和…比起來、相較起…」。

---

1 **比較兩個相反或差異性很大的事物。**

【體言；用言連體形の】＋にひきかえ。比較兩個相反或差異性很大的事物。

- いとこの玲ちゃんはよくできるのに、それにひきかえあんたは何なの！
  妳的表妹小玲成績那麼好，相較之下妳實在太差勁了！

- 男子の草食化にひきかえ、女子は肉食化しているようだ。
  相較於男性的草食化，女性似乎有愈來愈肉食化的趨勢。

- 昔は親には何でも従ったのにひきかえ、今の子どもはすぐ口答えする。
  相較於從前的兒女對父母言聽計從，現在的小孩卻動不動就頂嘴。

- 兄が無口なのにひきかえ、弟はおしゃべりだ。
  相較於哥哥的沈默寡言，弟弟可真多話呀！

- 彼の混乱振りにひきかえ、彼女は冷静そのものだ。
  和慌張的他比起來，她就相當冷靜。

ノート
含有說話人個人主觀的看法。書面用語。

ノート
相當於「〜とは反対に、〜とは逆に、〜とは打って変わって」。

ノート
跟站在客觀的立場，冷靜地將前後兩個對比的事物進行比較「に対して」比起來，「にひきかえ」是站在主觀的立場。

〜はおろか

ポイント ①

1 表示前項的一般情況沒有說明的必要，後項較極端的事例也不例外。可譯作「不用說…就是…也…」。

---

1 表示前項沒有說明的必要，後項較極端的事例也不例外。

【體言】＋はおろか。　表示前項的一般情況沒有說明的必要，以此來強調後項較極端的事例也不例外。　後項常用「も、さえ、すら、まで」等強調助詞。

- 食べ物はおろか、飲み水さえない。
  別說是食物了，就連飲用水也沒有。

- 戦争で、住む家はおろか家族までみんな失った。
  在這場戰爭中，別說房子沒了，連全家人也統統喪命了。

- あの人に告白することはおろか、「おはよう」と言うことすらできない。
  別說要向那個人告白了，我根本連「早安」都說不出口。

- 生活が困窮し、学費はおろか、光熱費も払えない。
  生活困苦，別說是學費，就連電費和瓦斯費都付不出來。

- この国のトイレは、ドアはおろか、壁さえもない。
  這個國家的廁所，別說是門，就連牆壁也沒有。

ノート
含有說話人吃驚、不滿的情緒，是一種負面評價。不能用來指使對方做某事，所以不接命令、禁止、要求、勸誘等句子。後面多接否定詞。

ノート
相當於「〜は言うまでもなく、〜はもちろん」。

〜ばこそ

ポイント ①

1 表示強調最根本的原因、理由。可譯作「就是因為…」。

為書面用語。

1 **表示強調最根本的原因、理由。**

【用言假定形】＋ばこそ。表示強調最根本的原因、理由。正是這個原因，才有後項的結果。句尾用「のだ」、「のです」時，有「加強因果關係的説明」的語氣。

強調說話人以積極的態度説明理由。一般用在正面的評價。書面用語。

相當於「〜からこそ」。

• あなたのことを心配すればこそ、言っているんですよ。

就是因為擔心你，所以才要訓你呀！

• 厳しいことを言うのも、子どもがかわいければこそだ。

會説這樣的重話，正是因為疼愛孩子才講的。

• 妻を愛すればこそ、裏切りを許せなかったんです。

正因為我深愛妻子，所以才無法原諒她的出軌。

• 健康であればこそ、働くことができる。

就是因為有健康的身體，才能工作打拼。

• 地道な努力があればこそ、成功できたのです。

正因為有踏實的努力，才能達到目的。

〜まで（のこと）だ

ポイント ①

1 表示某事不成，再採取別的方法。可譯作「大不了…」。

2 強調理由、原因只有這個。可譯作「純粹是…」。

3 接續比較：接動詞連體形時，表示某事不成再採取別的方法；接過去式時，強調理由、原因只有這個。

---

1 **表示某事不成，再採取別的方法。**

【動詞連體形】＋まで（のこと）だ。接動詞連體形時，表示現在的方法即使不行，也不沮喪，再採取別的方法。

- 結婚を許してくれないなら、出て行くまでです。
  假如不答應我們結婚，我將不惜離家出走！

- 壊されても壊されても、また作るまでのことです。
  就算一而再、再而三被弄壞，只要重新做一個就好了。

2 **強調理由、原因只有這個。**

接過去式時，強調理由、原因只有這個；表示理由限定的範圍。

- 何が悪いんだ、本当のことを言ったまでじゃないか。
  難道我說錯了嗎？我只不過是說出事實而已啊！

3 **接續比較。**

- 和解できないなら訴訟を起こすまでだ。
  如果沒辦法和解，大不了就告上法院啊！

- 私の経験から、ちょっとアドバイスしたまでのことだ。
  這不過是依我個人的經驗，提出的一些意見而已。

ノート
有時含有只有這樣做了，這是最後的手段的意思。表示講話人的決心、心理準備等。
相當於「〜だけだ、〜に過ぎない」。

ノート
表示說話者單純的意圖。含有「說話人所做的事，只是前項那點理由，沒有特別用意」。

ノート
接動詞連體形時，表示某事不成，再採取別的方法；接過去式時，強調理由、原因只有這個。

～まで（のこと）もない

ポイント ①

1 表示沒必要做到前項那種程度。可譯作「用不著…、不必…、不必說…」。

2 前面常和表示說話的「言う、話す、說明する、教える」等詞共用。

1 表示沒必要做到前項那種程度。

【動詞終止形】＋まで（のこと）もない。前接動作，表示沒必要做到前項那種程度。

- 改めてご紹介するまでもありませんが、物理学者の湯川振一郎先生です。

  這一位是物理學家湯川振一郎教授，我想應該不需要鄭重介紹了。

- そのくらい、いちいち上に報告するまでのこともない。

  那種小事，根本用不著向上級逐一報告。

- この程度の風邪なら、会社を休むまでのこともない。

  只不過是這種小感冒，根本不必向公司請假。

2 前面常和表示說話的詞共用。

前面常和表示說話的「言う、話す、說明する、教える」等詞共用。

- さまざまな要因が背後に隠れていることは言うまでもない。

  不用說這背後必隱藏了許多重要的因素。

- 子どもじゃあるまいし、一々教えるまでもない。

  你又不是小孩，我沒必要一個個教的。

ノート

含有事情已經很清楚了，再說或做也沒有意義。

ノート

相當於「～する必要がない、～しなくてもいい」。

〜もさることながら

ポイント ①

1 前接基本的內容，後接強調的內容。可譯作「不用說…、…（不）更是…」。

---

1 前接基本的內容，後接強調的內容。

【體言】＋もさることながら。前接基本的內容，後接強調的內容。含有雖然不能忽視前項，但是後項比之更進一步。

- 美貌もさることながら、彼女の話術は男という男をメロメロにした。

  她不但美貌出眾，一口舌燦蓮花更是把所有的男人迷得神魂顛倒。

- 勝敗もさることながら、スポーツマンシップこそ大切だ。

  不僅要追求勝利，最重要的是具備運動家的精神。

- 味のよさもさることながら、盛り付けの美しさもさすがだ。

  美味自不待言，充滿美感的擺盤更是令人折服。

- このドラマは、内容もさることながら、俳優の演技もすばらしいです。

  這部連續劇不只內容精采，演員的演技也非常精湛。

- 技術もさることながら、体力と気力も要求される。

  技術層面不用說，更是需要體力和精力的。

ノート

一般用在積極的、正面的評價。

ノート

跟直接、斷定的「～よりも」相比，「～もさることながら」比較間接、婉轉。

～をおいて、～をおいて～ない

ポイント

1 表示沒有可以跟前項相比的事物。可譯作「除了…之外」。

2 用「何をおいても」的形式，表示比任何事情都要優先。

---

1 表示沒有可以跟前項相比的事物。

【體言】＋をおいて、～をおいて～ない。表示沒有可以跟前項相比的事物，在某範圍內，這是最積極的選項。多用於給予很高評價的場合。

- この難題に立ち向かえるのは、彼をおいていない。

  能夠挺身面對這項難題的，捨他其誰！

- 私達を救えるのは、あなたをおいてほかにはないわ。

  能夠拯救我們的，除了你再也沒有別人了！

- 反撃に打って出るのは、今をおいてほかにない。

  除了此時此刻，再也沒有更恰當的時機給予反擊了。

2 用「何をおいても」的形式。

用「何をおいても」表示比任何事情都要優先。

- せっかくここに来たなら、何をおいても博物館に行くべきだ。

  好不容易來到了這裡，不管怎樣都要去博物館才是。

- 彼女の生活は、何をおいてもまず音楽だ。

  她的生活不管怎樣，都以音樂為第一優先。

ノート

相當於「～しか～ない」、「～よりほか～ない」。

〜をもって

ポイント ①

1 表示行為的手段、方法、材料、根據、原因等。可譯作「以此…」。

2 文法補充：「〜をもってすれば」後為順接；「〜をもってしても」後為逆接。

---

1 **表示行為的手段、方法、材料、根據、原因等。**

【體言】＋をもって。表示行為的手段、方法、材料、中介物、根據、仲介、原因等。

- 当選の発表は、賞品の発送をもって代えさせていただきます。

  中獎名單不另行公布，獎品將會直接寄出。

- 顧客からの苦情に誠意をもって対応する。

  心懷誠意以回應顧客的抱怨。

- これをもちまして、2014年株主総会を終了いたします。

  到此，二〇一四年的股東大會圓滿結束。

2 **「〜をもってすれば、をもってしても」。**

【體言】＋をもってすれば、をもってしても。「〜をもってすれば」從「行為的手段、工具或方法」衍生為「只要用…」之意；「〜をもってしても」從「限度和界限」成為「即使以…也…」之意。

- 私の魅力をもってすれば、どんな男もイチコロよ。

  只要我一施展魅力，任何男人都會立刻拜倒在石榴裙下唷！

- そうか。彼の技術をもってしても、作れなかったか。

  原來如此。就算擁有他的技術，也做不出來哦。

ノート

常見於會議、演講等場合或正式的文件上。
相當於「〜によって、〜でもって、〜を使って、〜で」。

ノート

後接「これ、以上、本日、今回」等，表宣布一直持續的事物，到某期限結束了。

ノート

相當於「〜を用いれば」、「〜を用いたとしても」。

〜をものともせず（に）

ポイント ！

1 表示面對嚴峻的條件，仍然毫不畏懼。可譯作「不當…一回事、把…不放在眼裡、不顧…」。

1 **表示面對嚴峻的條件，仍然毫不畏懼。**

【體言】＋をものともせず（に）。表示面對嚴峻的條件，仍然毫不畏懼，含有不畏懼前項的困難或傷痛，仍勇敢地做後項。

- 世間の白い目をものともせずに、彼女はその愛に身を捧げた。

  她不在乎外界一片不看好，依然投身於熊熊愛火之中。

- 周囲の無理解をものともせずに、彼はひたすら研究に没頭した。

  他不顧周遭的反對，兀自埋首於研究。

- 支持率の低下をものともせずに、権力の座にしがみついている。

  對於支持率的下滑他毫不在意，只管緊抓權力不放。

- 不況をものともせず、ゲーム業界は成長を続けている。

  電玩事業完全不受景氣低迷的影響，持續成長著。

- スキャンダルの逆風をものともせず、当選した。

  他完全不受醜聞的影響當選了。

ノート

後項大多接正面評價的句子。不用在說話者自己。

ノート

相當於「〜を恐れないで、〜を気にもとめないで」。

ノート

跟含有譴責意味的「〜をよそに」比較，「〜をものともせず（に）」含有讚歎的意味。

～を余儀なくされる、を余儀なくさせる

ポイント ①

1 因為大自然或環境等強大力量，不得已被迫做後項。可譯作「只得…、只好…」。

2 表示後項發生的事，是叫人不滿的事態。

3 跟「～のやむなきに至った」（不得不…）意思一樣。

---

1 因為大自然或環境等強大力量，不得已被迫做後項。

【體言】＋を余儀なくされる。「される」表示因為大自然或環境等，個人能力所不能及的強大力量，不得已被迫做後項。

- 荒天のため欠航を余儀なくされた。
  由於天候不佳，船班只得被迫停駛。

ノート

帶有沒有選擇的餘地、無可奈何、不滿，含有以「被影響者」為出發點的語感。意思類似「～やむをえず」。書面用語。

2 表示後項發生的事，是叫人不滿的事態。

【體言】＋を余儀なくさせる。「させる」使役形是強制進行的語意，表示後項發生的事，是叫人不滿的事態。

- 父の突然の死は、彼に大学中退を余儀なくさせた。
  父親驟逝的噩耗，使他不得不向大學辦理休學。

- 国際社会の圧力は、その国に核兵器の放棄を余儀なくさせた。
  國際社會的施壓，迫使該國必須放棄核武。

ノート

表示情況已經到了沒有選擇的餘地，必須那麼做的地步，含有以「影響者」為出發點的語感。意思類似「～やむをえず」。書面用語。

3 跟「～のやむなきに至った」比較一下。

- 機体に異常が発生したため、緊急着陸を余儀なくされた。
  因為飛機機身發生了異常，逼不得已只能緊急迫降了。

- 交通事故の後遺症により、車椅子生活を余儀なくされた。
  因為車禍留下的後遺症，所以只能過著坐輪椅的生活。

ノート

「～を余儀なくされる」跟「～のやむなきに至った」（不得不…）意思一樣。

～をよそに

ポイント ①

1 表示無視前面的狀況，進行後項的行為。可譯作「不管…、無視…」。

1 表示無視前面的狀況，進行後項的行為。

【體言】＋をよそに。意含把原本跟自己有關的事情，當作跟自己無關，多含責備的語氣。

- 期待に膨らむ家族や友人をよそに、彼はマイペースだった。

  他沒把家人和朋友對他的期待放在心上，還是照著自己的步調過日子。

- 彼女は、昨今の婚活ブームをよそに独身生活を満喫している。

  對於近來的相親熱潮她毫不在意，非常享受一個人的生活。

- ばか騒ぎをしている連中をよそに、私はおいしい料理を堪能した。

  我沒理睬那些鬧酒狂歡的傢伙們，細細品嚐了美味的餐食。

- 周囲の喧騒をよそに、彼は自分の世界に浸っている。

  他無視於周圍的喧嘩，沉溺在自己的世界裡。

- 警察の追及をよそに、彼女は沈黙を保っている。

  她無視於警察的追問，仍保持沉默。

ノート

前多接負面的内容，後接無視前面的狀況的結果或行為。

ノート

相當於「～を無視にして、～をひとごとのように」。

〜んがため（に）、んがための

ポイント ①

1 表示目的。用在積極地為了實現目標的說法。可譯作「為了…而…（的）、因為要…所以…（的）」。

2 後面常是雖不喜歡，不得不做的動作。

---

1 表示目的。用在積極地為了實現目標的說法。

【動詞未然形】＋んがため（に）、んがための。用在積極地為了實現目標的說法，「んがため（に）」前面是想達到的目標，後面是不得不做的動作。

- 政府の不正を明らかにせんがため、断固として戦う。

  為了揭發政府的營私舞弊，誓言奮戰到底！

- そんなのは、有権者の歓心を買わんがためのパフォーマンスだ。

  那只是為了博取當權者的歡心所做的表演罷了。

2 後面常是雖不喜歡，不得不做的動作。

- 本当はこんなことはしたくない。それもこれも生きんがためだ。

  我其實一點都不想做這種事。這一切的一切都是為了活下去呀！

- ただ酔わんがために酒を飲む。

  單純只是為了買醉而喝酒。

- 売り上げを伸ばさんがため、営業に奔走している。

  為了提高營業額，而四處奔走拉客戶。

ノート

含有無論如何都要實現某事，帶著積極的目的做某事的語意。書面用語，很少出現在對話中。要注意接「する」時為「せんがため」，接「来る」時為「来（こ）んがため」；用「んがための」時後面要接名詞。

ノート

相當於「〜するために」、「〜するための」。

〜んばかり（だ／に／の）

ポイント ①

1 表示事物幾乎要達到某狀態，或已經進入某狀態了。可譯作「幾乎要…（的）、差點就…（的）」。

2 「〜んばかりに」放句中；「〜んばかりだ」放句尾；「〜んばかりの」放句中，後接名詞。

1 **表示事物幾乎要達到某狀態，或已經進入某狀態了。**

【動詞未然形】＋んばかり（だ／に／の）。表示事物幾乎要達到某狀態，或已經進入某狀態了。

- 夕日を受けた山々が、燃え上がらんばかりに赤く輝いている。

照映在群山上的落日彤霞，宛如燃燒一般火紅耀眼。

2 **句中位置與後續助詞的變化。**

「〜んばかりに」放句中；「〜んばかりだ」放句尾；「〜んばかりの」放句中，後接名詞。

- 恋人に別れを告げられて、僕の胸は悲しみに張り裂けんばかりだった。

情人對我提出分手，我的胸口幾乎要被猛烈的悲傷給撕裂了。

- 満場の聴衆から、割れんばかりの拍手がわき起こった。

滿場聽眾如雷的掌聲經久不息。

- 逆転優勝に跳び上がらんばかりに喜んだ。

反敗為勝讓人欣喜若狂到簡直就要跳了起來。

- 窓から朝日が溢れんばかりに差し込んで、気持ちがいい。

屋裡洋溢著從窗子射進的朝陽，舒服極了。

ノート

前接形容事物幾乎要到達的狀態、程度，含有程度很高、情況很嚴重的語意。口語少用，屬於書面用語。

ノート

相當於「今にも〜しそうなほどだ／に／の」。

新制日檢 42

新制對應 絕對合格！N1,N2,N3,N4,N5
常考文法250（25K＋MP3）

2014年05月　初版

．．

- ●著者　　　吉松由美、田中陽子、西村惠子、千田晴夫、大山和佳子◎合著
- ●出版發行　山田社文化事業有限公司
　　　　　　106 臺北市大安區安和路 112 巷 17 號 7 樓
　　　　　　電話　02-2755-7622
　　　　　　傳真　02-2700-1887

　　　　　　◆郵政劃撥　19867160號　　大原文化事業有限公司
　　　　　　◆網路購書　日語英語學習網
　　　　　　　　　　　　http://www. daybooks. com. tw

　　　　　　◆總經銷　　聯合發行股份有限公司
　　　　　　　　　　　　新北市新店區寶橋路 235 巷 6 弄 6 號 2 樓
　　　　　　　　　　　　電話　02-2917-8022
　　　　　　　　　　　　傳真　02-2915-6275

- ●印刷　　　上鎰數位科技印刷有限公司
- ●法律顧問　林長振法律事務所　林長振律師

- ●定價　　　新台幣299元